古典文獻研究輯刊

二七編

第 9 冊

白玉蟾詩中月意象研究

洪鈺琁 著

國家圖書館出版品預行編目資料

白玉蟾詩中月意象研究／洪鈺琁 著 -- 初版 -- 新北市：花木
蘭文化事業有限公司，2023〔民 112 〕

序 2+ 目 2+140 面；19×26 公分

（古典文學研究輯刊 二七編；第 9 冊）

ISBN 978-626-344-255-9（精裝）

1.CST：（宋）白玉蟾 2.CST：宋詩 3.CST：詩評

820.8   111021983

古典文學研究輯刊
二七編 第 九 冊   ISBN：978-626-344-255-9

白玉蟾詩中月意象研究

作　　者 洪鈺琁
總 編 輯 杜潔祥
副總編輯 楊嘉樂
編輯主任 許郁翎
編　　輯 張雅淋、潘玟靜　美術編輯 陳逸婷
出　　版 花木蘭文化事業有限公司
發 行 人 高小娟
聯絡地址 235 新北市中和區中安街七二號十三樓
　　　　 電話：02-2923-1455 ／傳真：02-2923-1452
網　　址 http://www.huamulan.tw 信箱 service@huamulans.com
印　　刷 普羅文化出版廣告事業
初　　版 2023 年 3 月
定　　價 二七編 11 冊（精裝）新台幣 28,000 元

白玉蟾詩中月意象研究

洪鈺琁 著

作者簡介

洪鈺琁，嘉義市人。國立嘉義大學中國文學系碩士、國立嘉義大學中國文學系學士。現任中等學校教師。撰有《白玉蟾詩中月意象研究》。

提　　要

　　金丹派南宗之壯大與白玉蟾對於教團管理密不可分，他除了擁有道士身分，更是寫出一千多首詩的文人。在他漫長的人生當中，高掛星空的客觀月亮，在他主觀的內心世界是什麼模樣？藉由詩作中月意象研究，讓我們得以一窺作品所呈現的樸質與快活、月所蘊藏的內涵和思想，及其寫作技巧和道教文學中的地位。

　　月意象詩作，約占白玉蟾詩作總數的三分之一，但前人研究中未留意此現象，因此本文除了探析白玉蟾生平及著述，著重探討月意象詩作的主題內容，及每首詩中月意象所展現的型態，並初步分析白玉蟾和眾弟子月意象詩之迥異，及傳承之可能性。

自 序

　　藉由白玉蟾的詩作，讓筆者瞭解在一位身為文學家、思想家、宗教家筆下的世界，其樣貌更為宏觀、渺遠，知曉宋代時人施善積德、修仙長生的思維。所求所念，貫通儒、釋、道義理，並隱含在白玉蟾的字裡行間。

　　白玉蟾早年曾應試科舉，具文人風範，後入道修煉，師從陳楠，創立金丹派。他承襲古典詩不同於其他體裁，更精煉而富有涵義的特色，以南宗創始人身分撰寫一千多首詩作。透過樸質自然而快活的詩風，可感受他遊歷於山水、道觀之間的心情體悟。他所描繪的一風、一月、一天、一地，融攝儒、釋、道思想。尤其禪宗理念滲透他的詩作，運用日常、具體且矛盾的文字，道出「禪意」，如，五古〈題友人《月光詩集》〉：「海底有明月，圓於明月輪。得之一寸光，可買萬古春。石上栽花者，火中撈雪人。步行騎水牛，乃之無價珍。」此詩盛讚友人的作品。末四句開始，由對比言堅硬的石中，可以生長出柔軟的花，炎熱燃燒的火焰中，能撈出寒冷的雪，將矛盾之景串聯，彰顯難得而珍貴之景色。接著用典博大士的詩句，唯有步行的時候才可以騎上水牛，沒水牛可騎乘的時候也無須執著。闡發非偽、離相，萬法究竟無所有，「空」的概念。又如七律〈題淨明軒〉，首聯「淨几明窗興味濃，老僧心下萬緣空。」從生活之景過渡，帶出禪宗理念。禪宗重視生活，所見所聞所感，皆有意義，能從日常明白，通曉禪意，才算是真正悟禪。因此直接寫出「空」字，既是直指也是提示，透過「空」才能直視本心，從而悟道，刻畫出禪宗的頓悟觀。

　　白玉蟾的詩，少不了涉道意味的作品。以題材而言，可分煉丹修道與神仙贊頌類。前者又分修道情懷、福地寶坊、丹道思想。後者則是根據神仙和聖賢

形象，或其事蹟所作之贊、頌、銘。月在他的筆下，可指冶煉丹藥時的器具、藥材及術語；可襯托仙宮、天界、道觀、福地之景；可指神仙或聖賢人物，甚至烘托其形貌與風采。如七律〈薄暮抵懶翁齋醉吟〉，頷聯「月女冷窺青斗帳，風神輕撼碧紗窗。」月女指太陰元君，亦借代月亮，描摹月亮透出寒光映照在床帳之景。風神指風伯，亦借代風，輕風吹動青綠色或以此色之玉石所製成的紗窗。將生活化的場景，代入涉道用語，不再平凡無味，顯現出白玉蟾的道人本色。

　　歷來文人對於高掛清晨、薄暮、深夜中的月亮，有諸多想像。除卻文人對月一貫的情懷和思維，白玉蟾賦予「月」嶄新的面貌，加之道士對月的奇想與運用。以月入詩，各項涵義迥然不同且變化多端，超脫凡夫俗子的紅塵觀點，使詩作豐滿厚實、深不可測，讓後人得以用不同角度析辨月之主、客觀點融匯後的意象內涵。

目
次

第一章 緒 論

第一節 研究動機與目的

白玉蟾（1194～？）〔註1〕，原名葛長庚，字白叟，為著名的道教思想家和文學家，祖籍福建，祖父葛有興，父親葛振興，後舉家遷往瓊州，因此白玉蟾出生於瓊山縣五原都顯屋村（今海南省海口市秀英區石山鎮典讀村）。其幼時失怙，因而母親他適，改姓白〔註2〕。關於白玉蟾的生年另一派認為是在1134 年，此據清代道士彭翥〈神仙通鑑白真人事蹟三條〉〔註3〕所載。

彭翥提到，「紫清真人文章詩賦之工絕，所謂仙家才子者。」〔註4〕認為他在文章詩賦方面，是仙家中的才子、千古難尋的奇才，亦彰顯其在道教思想

〔註1〕關於白玉蟾生卒年，歷來有所爭議，有生於紹興甲寅年（1134）或紹熙甲寅年（1194）；卒於紹定己丑（1229 年）或以後。而筆者採用彭邦、卿希泰、詹石窗之說法，認為白玉蟾生於紹熙甲寅年（1194），卒於1284 以後或活到元初。可參考本論文第二章白玉蟾生平及著述，第三節生卒年之爭議。

〔註2〕宋·白玉蟾著、蕭天石主編，《白玉蟾全集》上冊，台北：自由出版社，2019 年，頁29。

〔註3〕宋·白玉蟾著、蕭天石主編，《白玉蟾全集》上冊，台北：自由出版社，2019 年，頁41。

〔註4〕宋·白玉蟾著、蕭天石主編，《白玉蟾全集》下冊，台北：自由出版社，2019 年，頁1462。紫清真人，〈海瓊玉蟾先生事實〉，宋·白玉蟾著、蕭天石主編，《白玉蟾全集》上冊，頁30，「一號紫清真人，自謂同紫元紫華先生，乃紫清也，三人乃紫微垣中九皇星之三星也。」又，胡孚琛主編，《中華道教大辭典》，北京：中國社會科學版社，1995 年，頁127，「對五代以後道教的修煉方術有較大影響，卒後召封『紫清明道真人』，世稱『紫清先生』。」

與文學方面的傑出與卓越。此外，其在文學、書法之造詣亦多：

> 博洽群書，究竟禪理，出言成章，文不加點；隨身無片紙，落筆
> 滿四方。大字草書，視之若龍蛇飛動；兼善篆隸，尤妙梅竹而不
> 輕作。〔註5〕

由此可知，白玉蟾飽讀詩書，能究竟禪理，文學作品風格自然樸質，不假雕飾，書法作品草書、篆書、隸書皆佳。文學作品豐碩，主要著有《上清集》、《玉隆集》、《武夷集》等等〔註6〕。

歷來研究詩歌中月意象者眾多，關於意象的溯源，陳慶輝《中國詩學》認為新石器時代用來預測吉凶的占卜，所呈現的結果便是一種「象」，後世編纂而成的《易經》中的卦象，雖然只是占卜活動中的符號，卻啟發了詩歌意象理論的形成〔註7〕。仇小屏《篇章意象論——以古典詩詞為考察範圍》，認為「象」在《道德經》中便早已出現，甚至《易經》中也有提到，並整理前人意象溯源之說法，八卦之象和象形文字之象，對於後來意象理論及美學思想的萌芽有所影響〔註8〕。而意象理論的發展，嚴雲受《詩詞意象的魅力》裡提到，魏晉南北朝的文學批評理論發展蓬勃，陸機〈文賦〉雖然沒有直接提出「意象」一詞，但其思想推動意象理論的發展；摯虞〈文章流別論〉最早提出「象」之概念，天地萬物之「象」寫入文章之「象」，此種透過文章之象來傳達情意的過程中，不免產生虛構的意象；劉勰《文心雕龍·神思》最早提出「意象」之概念，嚴雲受解釋為：

> 這種象，是以客觀物象為素材、原料的，但同原物相比，它又多出
> 一種成分，即滲融於其中的主體情意。〔註9〕

接著，在唐代的文學評論中，未出現指稱意象之詞，至宋代才出現指稱詩歌中的意象之文學評論〔註10〕。

至於「意象」的定義，袁行霈認為「意象是融入了主觀情意的客觀物象，

〔註5〕元·趙道一，《歷世真仙體道通鑑》卷四九，《正統道藏·洞真部·傳記類》第八冊，台北：新文豐出版社，1995年，頁745。

〔註6〕胡孚琛主編，《中華道教大辭典》，北京：中國社會科學版社，1995年，頁127。

〔註7〕陳慶輝，《中國詩學》，台北：文史哲出版社，1993年，頁54～55。

〔註8〕仇小屏，《篇章意象論——以古典詩詞為考察範圍》，台北：萬卷樓，2006年，頁20～22。

〔註9〕嚴雲受，《詩詞意象的魅力》，合肥：安徽教育出版社，2003年，頁19。

〔註10〕嚴雲受，《詩詞意象的魅力》，合肥：安徽教育出版社，2003年，頁14～20。

或者是借助客觀物象表現出來的主觀情意。」〔註11〕；黃永武《中國詩學‧設計篇》則認為，「是作者的意識與外界的物象相交會，經過觀察、審思與美的釀造，成為有意境的景象。」〔註12〕；而陳滿銘《意象學廣論》提到，「意」為辭章所欲表達之「情」、「理」，「象」則為所取之「景（物）」或「事」〔註13〕。因此，綜上可知，意象為主觀情意和客觀物象交互影響下的產物，而在白玉蟾的詩中有許多月意象的詩作，無論詩作本身是詠月詩；或者詩中月亮只是做為背景；又或者詩中月之相關字只是作為形容詞，這些隱含月意象的字詞皆有其涵義，融入白玉蟾自身生命的體會和情感，所表現出來的主觀或客觀意象。

　　白玉蟾詩作總數一千二百五十四首，月意象詩共四百三十六首，約占三分之一，而歷來研究白玉蟾詩者，未留意此現象，因此筆者將白玉蟾詩與月意象結合，將論文題目訂為《白玉蟾詩中月意象研究》，探討和深入瞭解白玉蟾詩中月意象的主題內容、展現型態，及白玉蟾和弟子詩風之迴異及傳承之可能性。

　　而本論文之研究目的約有以下幾項：

　　一、藉由梳理白玉蟾詩作，使符合月意象定義者更為明確，並對於白玉蟾
　　　　詩中月意象的主題內容有進一步的瞭解。

　　二、透過白玉蟾詩中月意象的意涵分析，瞭解詩中月之各種意象的源流，
　　　　及其在詩作中的書寫手法與意蘊。

　　三、將後人對於白玉蟾詩之評價中，符合月意象者，進行爬梳與統整，使
　　　　其文學價值，弟子傳承程度之情況，能更全面的呈現。

　　四、以上幾點可供未來學術界對於白玉蟾詩之相關研究，作為參考和依據。

第二節　研究範圍與研究方法

一、研究範圍

　　鄧國光，曲奉先等人所編的《中國歷代詠月詩詞全集》〔註14〕中，收錄白玉蟾詠月詩三十一首，然而本論文對於月意象定義，並不單指詠月之作，因此，舉凡與空間結合者例如，圓月、月華、暗月等；有時間或時令概念，具時間變化

〔註11〕袁行霈，《中國詩歌藝術研究》，北京：北京大學出版社，2009 年，頁 54。
〔註12〕黃永武，《中國詩學‧設計篇》，台北：巨流，1999 年，頁 3。
〔註13〕陳滿銘，《意象學廣論》，台北：萬卷樓，2006 年，頁 22。
〔註14〕鄧國光、曲奉先等編，《中國歷代詠月詩詞全集》，鄭州：河南文藝出版社，
　　　　2003 年，頁 397～401。

者之字詞，例如，日月、月夜、秋月、月落等，但不包含直指時間或光陰之正月、七月、八月、歲月等字詞；有神話典故者之字詞，例如，姮娥、廣寒、兔冷蟾寒、玉宮、玉盤、銀蟾、蟾蜍、蟾娟、蟾輪、和玉輪等；涉道展現之字詞，例如，偃月爐、日月輪等，詩中具有涉道內容的月之相關字詞，皆納入研究範圍。

　　研究材料為《白玉蟾詩集新編》〔註15〕中所收錄之月意象詩作，此書乃收錄白玉蟾作品最全面之版本，輔以《〈白玉蟾全集〉校注本》〔註16〕，其所附之注釋有助於理解，將針對此二本書中符合月意象定義之詩進行研究。

二、研究方法與步驟

（一）文獻歸納

　　首先蒐集白玉蟾的所有詩作，並依本論文主題，整理詩中所有具月意象相關之作品。次之，將蒐集的作品統計其月意象詩作數量，並歸納其詩作表現方式，整理於附錄之中。再者，分別蒐集白玉蟾詩和月意象，與此二者相關之專書、期刊論文、已公開之學位論文，其中包含網路資料庫的運用。最後，逐一爬梳和歸納，獲得相關論述，作為本論文之佐證。

（二）文本分析

　　首先，將所得之白玉蟾詩中含有月意象之作品，按照詩作內容進行主題分析和比較，歸納相同主題者為同一小節，以及詩中寫作技巧分析。次之，分析詩作中意涵之展現型態，歸納並分析意象之源流或修辭運用情形。最後，總結白玉蟾月意象詩作的價值，分析其月意象詩在文學史上之地位，及其弟子相關詩作傳承之可能性。

（三）理論運用

　　綜上所述，利用蒐集之資料和相關理論進行分析和比較，理論包含上一節對於意象學之溯源，以及內丹學、修辭學、神話學〔註17〕等等，以此探討白玉

〔註15〕宋·白玉蟾著、蓋建民輯校，《白玉蟾詩集新編》，北京：社會科學文獻出版社，2013年。此書所引內容，直接標示頁碼，本論文不再額外作注。

〔註16〕宋·白玉蟾著、朱逸輝校注，《〈白玉蟾全集〉校注本》，海口：海南出版社，2004年。

〔註17〕內丹學，始於神仙家追求長生不死之思想。先秦至漢代乃準備時期，東漢道教之創立，至隋唐為成熟期，探索宇宙法則和人體運行之連結，為道教精華，亦為傳法修煉之基本內容。胡孚琛主編，《中華道教大辭典》，北京：中國社會科學版社，1995年，頁1126。

蟾詩中月意象詩的主題內容、月意象展現型態，與弟子詩作風格之異同。藉由理論運用使詩作之分析更為飽滿，有助於對白玉蟾詩作研究的深入與完善。

第三節　前人相關研究成果回顧

　　歷來研究白玉蟾作品者，著重道教思想和文學作品兩類，而文學類又分詩、詞和文。依本研究主題，分為兩者，一為「白玉蟾詩」之相關研究，二為「月意象」之相關研究，由於兩者成果豐碩，依專書、期刊論文、學位論文羅列，僅列出予筆者啟發或有所引用者。前者專書共二本，期刊論文共九篇，學位論文共兩篇。後者專書共五本，期刊論文共四篇，學位論文共七篇，每類按出版時間早晚排序。

一、「白玉蟾詩」的相關研究

（一）專書

　　詹石窗《南宋金元道教文學研究》，其中第二章為〈南宋元代金丹派南宗之詩詞〉，對於金丹派南宗之形成與白玉蟾詩詞的類型與內容有基本概述，著重在詩詞中的「艮背止止」之思想探析與藝術架構，最後考析了白玉蟾之後的金丹派南宗之主要傳人之詩詞。〔註18〕

　　宋・白玉蟾著、蕭天石主編，《白玉蟾全集》，此書收錄白玉蟾的詩和文，並附有許多前人的集跋，包含白玉蟾弟子所著〈海瓊玉蟾先生事實〉，內容提到白玉蟾的生平、名號由來、事蹟等等。〔註19〕

（二）期刊論文

　　詹石窗〈詩成造化寂無聲──武夷散人白玉蟾詩歌與艮背修行觀略論〉，將白玉蟾詩詞依內容分為題贈雜詠詩、修道歌謠、神仙人物及聖賢贊頌詩和丹

修辭學，為研究修辭格之學問，與文法、章法和風格，涵蓋在文章藝術形式之中。辭格又分感嘆、設問、摹寫、誇飾等等。蔡宗陽，《應用修辭學》，台北：萬卷樓，2014年，頁1、5。

神話學，為研究神話之學問。自遠古時代，人類集體性之原始思維，將自然現象和人類生活神怪化，從而創造神話故事。陳建憲，《神話解讀》，武漢：湖北教育出版社，1997年，頁11。

〔註18〕詹石窗，《南宋金元道教文學研究》，上海：上海文化出版社，2001年。

〔註19〕宋・白玉蟾著、蕭天石主編，《白玉蟾全集》上下冊，台北：自由出版社，2019年。

功道意詞四類，並探析「艮背」修行之思想，以此思想對白玉蟾文學作品之影響作結。〔註20〕

孫燕華〈煙霞供嘯詠，泉石淪精神──白玉蟾詩文特色散論〉，由植物、動物和山水三個面向，分析白玉蟾詩文的內容特色，最後以「明白如話」、「自然壯麗」和「詞藻妥貼」之藝術特色作結。〔註21〕

潘顯一〈水向石邊流出冷，風從花里過來香──白玉蟾美學思想初探〉，從「真快活」之核心思想，探究至「無心於山，無山於心」之最終審美觀，並探析白玉蟾之宗教思想、文學藝術成就和時代文化背景之三層面。〔註22〕

萬志全〈論白玉蟾詩的審美意象、意境與意趣〉，將審美意象分「孤獨者」、「游子」、「豪士」、「神仙」四類，意境分「和諧優美」、「豪放壯麗」、「浪漫靈動」、「超拔飄逸」等等，意趣則為「情趣」、「意趣」和「樂趣」的相互交融。最後，將上述三者審美特色之源頭，歸因於白玉蟾之人生閱歷、融合三教之思想及勤學苦練。〔註23〕

羅爭鳴〈儒、道之間：白玉蟾的詩詞創作與心路歷程〉，旨在探討白玉蟾棄儒從道之經歷和心態，並認為探討白玉蟾詩詞作品時，須以其當代背景和文化解讀。白玉蟾作品大致分為兩個部分，一為具丹道理論之道教詩歌，二為文人之典型詩歌，並奠定其在道教史和文學史上之地位。〔註24〕

安君〈雲游山水間──白玉蟾詩文意象與傳統寫意山水畫簡析〉，此文篇幅稍短，旨在簡析傳統山水與白玉蟾詩文中自然意象。先言白玉蟾之生平，次言傳統山水追求「寫意」之精神，再言白玉蟾詩具有自然山水之美學觀，最後言傳統山水和白玉蟾自然詩文，為現代山水畫家應所追求之意象與精神。〔註25〕

〔註20〕詹石窗，〈詩成造化寂無聲──武夷散人白玉蟾詩歌與艮背修行觀略論〉，《宗教學研究》，1997年，03期，頁26～34。

〔註21〕孫燕華，〈煙霞供嘯詠，泉石淪精神──白玉蟾詩文特色散論〉，《中國道教》，2000年，02期，頁36～41。

〔註22〕潘顯一，〈水向石邊流出冷，風從花里過來香──白玉蟾美學思想初探〉，《社會科學研究》2003年，03期，頁59～65。

〔註23〕萬志全，〈論白玉蟾詩的審美意象、意境與意趣〉，《雲南財經大學學報》，社會科學版，2011年，05期，頁144～148。

〔註24〕羅爭鳴，〈儒、道之間：白玉蟾的詩詞創作與心路歷程〉，《海南大學學報》，人文社會科學版，2013年，05期，頁111～117。

〔註25〕安君，〈雲游山水間──白玉蟾詩文意象與傳統寫意山水畫簡析〉，《陝西教育》，高教版，2013年，04期，頁19。

蔡軍波〈江山態度，風月情懷──白玉蟾美學思想研究〉，以三個角度分別闡述白玉蟾之文學，「風月情懷般」的文學藝術特色，「真快活」的丹道思想，「真、美」的如莊子逍遙般的人生體悟。文末言白玉蟾所重之心境影響其文學、人生、和丹道思想。〔註26〕

陳進國〈古琴與修行──以宋代白玉蟾的詩文為例〉，旨在探討白玉蟾詩文中的琴道與丹道修行之關聯。白玉蟾認為琴的意義，於道堂「氣象清高」；於道人「和光混俗」，亦是修行聖器。因此他與琴相關的詩文中，隱含南宗「性命雙修」與「金丹修道」之思想，並提到「琴」與「月」之象徵關聯，最後以琴道與丹道之關係密切作結。〔註27〕

范靖宜、詹石窗，〈論白玉蟾「謫仙」主題詩詞的創作體驗〉，探討內容首先為「謫仙」文化之淵源，和白玉蟾詩詞中之「謫仙」情節。次之，白玉蟾之修道體驗「內煉金丹」、「神霄雷法」與其詩中呈現的「謫仙」意識之相互影響。因此其詩詞中的「謫仙」主題，一定程度上為修行體驗激起之創作靈感。〔註28〕

（三）學位論文

尤玉兵〈白玉蟾文學研究〉，引言中的前人研究分成三個部分，包含「白玉蟾生平研究」、「白玉蟾詩、詞、文的內容特色研究」與「白玉蟾道教思想及其在道教史上的貢獻和地位等的研究」。正文分為三章，為白玉蟾的詩、詞和文的研究。其中，詩的研究分為思想內容和藝術特色，前者參考詹石窗所分的四類，重新分為五類，「題詠類」、「贈送酬寄唱和之作」、「丹道詩和修道歌謠類」、「道教神仙人物及聖賢贊頌詩」和「雜詠類」；後者歸為五點，「豪放瑰麗，想像奇特」、「清水芙蓉，清淡出塵」、「自然天成，不事雕琢」、「刻畫細緻，狀物工妙」和、「道人本色，意象獨特」。最末附上《全宋詩訂補》〔註29〕和《全宋詩》〔註30〕所收錄之白玉蟾詩之本校和對校之異同校勘記。〔註31〕

〔註26〕蔡軍波，〈江山態度，風月情懷──白玉蟾美學思想研究〉，《重慶文理學院學報》，社會科學版，2015 年，01 期，頁 140～144。

〔註27〕陳進國，〈古琴與修行──以宋代白玉蟾的詩文為例〉，《文化遺產》，2016 年，02 期，頁 55～67。

〔註28〕范靖宜、詹石窗，〈論白玉蟾「謫仙」主題詩詞的創作體驗〉，《海南大學學報》，人文社會科學版，2018 年，06 期，頁 117～124。

〔註29〕陳新、張安如、葉石健、吳宗海等補正，《全宋詩訂補》，河南：大象出版社，2005 年。

〔註30〕傅璇琮等編，《全宋詩》，北京：北京大學出版社，1998 年。

〔註31〕尤玉兵，〈白玉蟾文學研究〉，廈門大學中國古代文學碩士學位論文，2009 年。

　　趙娟〈白玉蟾道教詩詞研究〉，此為學位論文，對於白玉蟾的「勸道」、「內丹修命」、「內丹修性」、「神霄雷法」、「游仙」、「詠物明道」的詩詞進行研究。藝術特點歸結於「語言風格多樣化」、「內容表述情節化」和「長篇組詩、組詞的手法」，亦即由典雅至口語的遣辭用句、詩作內容具有情節，與同主題的多首詩歌之組合。上述為前兩章內容，第三章則分為在道教和文學史上的研究意義與價值影響。〔註32〕

　　綜上所述，「白玉蟾詩」的相關研究分成純文學研究或涉道之研究，或兩者一同探究，內容多為主題和寫作技巧之探討。對筆者有助益者為兩本專書，宋‧白玉蟾著、蕭天石主編，《白玉蟾全集》和詹石窗《南宋金元道教文學研究》，讓筆者對白玉蟾的生平，金丹派如何形成，白玉蟾詩、詞的大致類別有所瞭解。

二、「月意象」的相關研究

（一）專書

　　傅道彬《晚唐鐘聲——中國文化的精神原型》，〈中國的月亮及其藝術象徵〉此章探討月亮的基本原型為母親和女性之源流，其象徵意涵為生殖和生命。接著，由科學和哲學的角度切入，探討月亮的象徵，藉由月亮本體的圓缺確立時間觀念，以及宇宙生命的流轉變化、人生態度的豁達。再者，由古典作品中所創造出的月亮意象，使月亮之美增添了作品的意境。然後，便提到中國文人心中的月亮形象，反映著文人的審美意境和趣味，並隱含著文人的心理狀態和人格象徵。最後的結語，則引用劉禹錫的詩，認為中國民族文化中的月亮意象在藝術中具有一席之地。〔註33〕

　　以下四本雖然與月意象之關聯不多，但有助於意象之定義與溯源。

　　陳慶輝《中國詩學》，全書分為九章，囊括詩歌意象論、詩歌神韻論、詩歌意境論、比興原則等等，由詩歌意象之定義理論至詩歌修辭運用之寫作技巧的分析，最後收攝於詩歌的發展論。〔註34〕

　　嚴雲受《詩詞意象的魅力》，分成五章，意象的內涵、意象的類型、意象

〔註32〕趙娟，〈白玉蟾道教詩詞研究〉，浙江大學中國古代文學碩士學位論文，2012年。

〔註33〕傅道彬，〈中國的月亮及其藝術象徵〉，《晚唐鐘聲——中國文化的精神原型》，北京：東方出版社，1996年，頁41～67。

〔註34〕陳慶輝，《中國詩學》，台北：文史哲出版社，1993年。

的組合、意象與語言、意象與意境。除了首章關於意象之定義與溯源，第四章提到詩性的語言，詩的語言單位不受語法限制，對比普通語言需要考慮語法、邏輯、句式等等，以此解釋為何讀詩時不需要以邏輯性方式，可改以跳躍式思維閱讀。〔註35〕

仇小屏《篇章意象論──以古典詩詞為考察範圍》，此書以詞章學角度探究意象學。首章第二節，意象之溯源與定義，將前人所撰之相關內容梳理後一一列出，益於後人資料查找與運用。〔註36〕

陳滿銘，《意象學廣論》，此書分為八章，先由與意象密不可分之辭章探討其內涵，再由意象之形成、表現、組織、統合等等分別言之，換言之，由狹義之意象探究至廣義之意象。辭章包含意象學（狹義）、詞彙學、修辭學等等，狹義的意象學則指辭章所選取之「景（物）」或「事」，「意」為其欲表達之「情」、「理」。〔註37〕

（二）期刊論文

陳器文〈自月意象的嬗變論義山詩的月世界〉，此文認為月成為詩中原型由詩經時代便開始潛移默化的影響詩人，因此無論古詩十九首、魏朝詩歌、甚至禮記都有關於月的描寫。直至唐代，書寫月的詩，詩風才由內斂且貞潔轉為開闊而活潑。傑出的詩人具有活絡僵化詩風的能力，對於民族含有一份真摯的情感，因而創造出屬於自己的獨特詩風，諸如李白、杜甫、李義山。最後一一分析各個詩人之作品，並扣合主題，主要分析義山之作。〔註38〕

劉傳新〈高懸於中國詩壇上的月亮──中國詩歌的原型研究之二〉，此文提到月亮的原型「奔月神話」，並深入分析，由文獻最早出處，探至嫦娥身分即為女媧，因而具有誕生、死亡和再生之意象。詩歌的模式分為三種，「月下懷鄉」、「月下懷人」和「月下詠史」。雖然分成三種，但只是便於深入探究，事實上三者皆相互關聯。〔註39〕

陳瑞婷〈淺談唐宋詩詞中月亮意象的文化意蘊〉，總體分為兩個部分，月

〔註35〕嚴雲受，《詩詞意象的魅力》，合肥：安徽教育出版社，2003年。
〔註36〕仇小屏，《篇章意象論──以古典詩詞為考察範圍》，台北：萬卷樓，2006年。
〔註37〕陳滿銘，《意象學廣論》，台北：萬卷樓，2006年。
〔註38〕陳器文，〈自月意象的嬗變論義山詩的月世界〉，《中外文學》，1976年，02期，頁108～119。
〔註39〕劉傳新，〈高懸於中國詩壇上的月亮──中國詩歌的原型研究之二〉，《東岳論叢》，1992年，02期，頁105～110。

亮意象的情感內涵和深層內涵，前者分為思鄉與離別、以月寄清幽或悲涼之情。後者分為懷古傷今和感嘆人生，對於人生意義的哲理情懷。〔註40〕

鄭如鈞〈論魏晉南北朝詩「月」意象〉，此文分為前言、月意象之選擇因素、月意象之多元意涵。前言提到魏晉南北朝之歷史背景，詩史上具有承先啟後的地位，此時具月意象之詩作大增，最後由前人研究作結。研究動機——月意象之選擇因素，三層面分別談之：政治環境動亂，月可撫慰人心；道家學說中，月合乎核心學說，柔；文人藉由描寫月投射自己心靈。正文——月意象之多元意涵，月具有陰柔、別離、思鄉、時間流逝及永恆存在、孤寂、清高之多元意象。最後為結語，並說明統計詩作中與月相關句子之結果。〔註41〕

（三）學位論文

張劍〈月亮神話母題的象徵〉，對於蟾為何變成兔進行考證、詰問，並追本溯源詮釋「月中蟾兔」的由來及其意蘊，包含「月亮的象徵」、「蛙的象徵」和「兔的象徵」。「兔的象徵」中，透過世界各地流傳與圖像資料闡釋兔與月亮關係，並分析出兔繁殖力強、具長生意象、與農牧時代相關。接著，連結和比較「兔與蛙」之關係，最後探究和闡述「蛙兔之變」之原因。〔註42〕

林聆慈，〈東坡詩詞月意象研究〉，此論文分成六章，首章緒論，末章結論，第二章為「背景簡介與東坡生平、思想」，第三章為「月意象呈現的內涵」，依東坡詩詞中所表現的情懷、性格，以及其生涯際遇分析詩詞中月意象的內涵。第四章為「月意象表現的方式」，又分三節，第一節依詩詞的「表述方式」，分為「直接的傳達」、「間接的傳達」；第二節「月的型態與主題的感發」將月的缺、圓型態連結詩詞所抒發的情感；第三節則為「月與其他意象的組構」，將月意象分別與「雲」、「風」、「水」等等意象進行探析。第五章為「月意象在中國傳統文化的承轉」，分成四節，「陰陽文化」、「神話傳說」、「歷史情境」、「文學典故」。〔註43〕

〔註40〕陳瑞婷，〈淺談唐宋詩詞中月亮意象的文化意蘊〉，《克拉瑪依學刊》，2011年，05期，頁60～62。

〔註41〕鄭如鈞，〈論魏晉南北朝詩「月」意象〉，《問學》，2016年，20期，頁313～328。

〔註42〕張劍，〈月亮神話母題的象徵〉，華中師範大學中國當代文學碩士學位論文，2001年。

〔註43〕林聆慈，〈東坡詩詞月意象研究〉，政治大學中國文學碩士學位論文，2004年7月。

　　黃琛雅，〈東坡詞月意象探析〉，此論文分成七章，除了首章緒論和末章結論之外，尚有第二章的「意象概說」、第三章「東坡詞的寫作背景」、第四章「東坡詞月意象的類型」、第五章「東坡詞月意象的主題意識」、第六章「東坡詞月意象與詞人心裡的對應」。第二章為探究月意象之源流，第四章將月的明暗、圓缺、虛實型態分成三種月意象的類型，而第三、五、六章則針對東坡詞進行分析，由鉅觀的寫作背景分析，至微觀的月意象與詞人心理探究。〔註44〕

　　宋巧芸〈唐詩中月意象的情感內涵和藝術特徵〉，第二章為追朔唐朝以前月意象詩歌的發展和特徵，先秦詩歌中的月意象類別共有「自然意象」、「修飾詞」和「時間意象」三種。第三章為唐詩中月意象的情感內涵，分為「離別相思之愁」、「懷鄉戀土之情」、「寂寞失意之悲」、「宇宙人生之思」和「超拔脫俗之志」。最後一章為唐詩中月意象的藝術特徵，又分為「化月為人」、「人（事、物）月對比」、「以月起首」和「以月結尾」。〔註45〕

　　黎瀟宇〈中國古典文學作品中的意象與民族文化心理——柳意象、月意象、水意象的文化解析〉，第一章比較中西方意象的理論，第二章「原型意義：民族文化心理的特定符號」闡釋意象的原型，並認為意象和情感體驗密不可分，因此古典作品中的意象具有固定的情感模式。第三章為解析柳意象、月意象和水意象。月意象的部分，分為「聚散依依多離情」、「對宇宙人生的永恆追問」、「月亮與女性的文化印記」、「孤高自賞、超塵脫俗的文人風度」和「中西月意象的異同」。〔註46〕

　　程惠如〈先秦兩漢月意象詩歌研究〉，此論文分五章，首章緒論，末章結論，第二章為「『月』意象在先秦兩漢詩歌中的種類」，以詩歌中被寄託的情感分成四節，「故鄉的縮影」、「離情與思念的聚合體」等等。第三章為「『月』意象在先秦兩漢詩歌中的展現型態」，又分成兩節，「時間意象的展現」與「空間意象的展現」。第四章為「先秦兩和『月』意象詩歌的展現技巧」，此章分為九節，以詩歌中的修辭為每一節的標題，分別有類疊、映襯、借代等等。〔註47〕

〔註44〕黃琛雅，〈東坡詞月意象探析〉，臺灣師範大學國文學系在職進修碩士學位論文，2004 年。

〔註45〕宋巧芸，〈唐詩中月意象的情感內涵和藝術特徵〉，青島大學中國古代文學碩士學位論文，2005 年。

〔註46〕黎瀟宇，〈中國古典文學作品中的意象與民族文化心理——柳意象、月意象、水意象的文化解析〉，華中師範大學文藝學碩士學位論文，2007 年。

〔註47〕程惠如，〈先秦兩漢月意象詩歌研究〉，雲林科技大學漢學資料整理碩士學位論文，2008 年 1 月。

　　林曉虹〈魏晉詩歌中月意象研究〉，此論文分五章，首章緒論，末章結論。第二章為「月意象在中國傳統文化的意涵」溯源月意象的不死、永恆、陰柔等等之象徵；第三章「月意象在魏進詩歌中的意涵」以詩歌中的情感分成三節；第四章「月意象的表現方式」以詩歌中所呈現之賦、比、興分為三節，探討其修辭與寫作技巧。〔註48〕

　　綜上「月意象」的前人研究，較完備的研究成果包含作者生平與寫作背景，溯源月意象的源流或原型，以及月意象詩歌的情感內涵與寫作表現方式。而對筆者有助益者，為程惠如〈先秦兩漢月意象詩歌研究〉，此論文第三章又分成兩節，「時間意象的展現」與「空間意象的展現」。筆者參考此節分類方法，將本論文第四章月意象的展現型態分為空間結合、時間變化，再延伸兩類，神話典故和涉道展現。

第四節　研究綱要

　　首章緒論之後，針對本研究主題，第二章為白玉蟾生平及著述，對詩人所處時代背景、詩人生平等等進行探討，第三章對於月意象的主題內容進行分類，第四章對於月意象的展現型態進行分析，將月意象之意蘊、象徵進行分析與歸納，第五章則是探討白玉蟾月意象詩作的價值及其弟子相關詩作之傳承，第六章則是結論，總結本研究之成果。

　　第一章「緒論」主要闡述本研究的動機與目的，第一節研究動機與目的，提到白玉蟾生平、詩作的價值，並以不同角度進行研究及研究目的；第二節研究範圍與研究方法，據研究主題釐清研究範圍、材料與方法；第三節前人相關研究成果述評，分為白玉蟾詩、月意象的相關研究，逐一歸納整理；第四節研究綱要，為本論文每章節之內容大意。

　　第二章「白玉蟾生平及著述」，第一節時代背景，以宏觀角度探討詩人所處時代背景，而此時的環境是如何影響詩人。第二節生平，探析白玉蟾之生平與際遇，包含道教史上是如何記載其之境遇等等。第三節生卒年之爭議，前述研究動機與目的有提到其生卒年有兩派說法，在此將進行相關研究。第四節著作內容與思想，探討白玉蟾之著作以及其在文學、道教義理與思想方面有何表現。

〔註48〕林曉虹，〈魏晉詩歌中月意象研究〉，雲林科技大學漢學資料整理碩士學位論文，2010 年 1 月。

　　第三章「月意象的主題內容」歸納所有白玉蟾詩中含月意象之作，據主題內容分為四類，並探討其思想內涵及詩作中月的表現手法。此章之節據詹石窗《南宋金元道教文學研究》所分四類「題贈雜詠詩」、「修道歌謠」、「神仙人物及聖賢贊頌詩」、「丹功道意詩」〔註49〕及尤玉兵〈白玉蟾文學研究〉所分五類五類，「題詠類」、「贈送酬寄唱和之作」、「丹道詩和修道歌謠類」、「道教神仙人物及聖賢贊頌詩」和「雜詠類」〔註50〕而來。第一節生活吟詠，舉凡作者心情體悟之作、詠人、詠物等，皆包含在此類，如，〈梧窗〉二首之一：「夜半山風響翠梧，一窗皓月照琴書。試將筆架山頭屋，間有清幽似此無。」（頁187）此詩藉由窗外月景與梧桐營造悠然恬靜之氣氛，呈現詩人心情的自然寧靜。又如，〈聞子規〉：「二十年前怯杜鵑，枕邊時把淚珠彈。如今老眼應無淚，一任聲聲到月殘。」（頁192）此詩藉由年輕時的自己對比作者老年後的滄桑之情，而月景與杜鵑的啼聲，襯托此種傷感情懷。第二節題贈酬寄，凡贈與、送別、唱酬、寄贈之作等，皆包含在此類，例如，〈感詠十解寄呈楊安撫〉：「沙寒石瘦木葉落，一鈎淡月照黃昏。」（頁170）此處月作為喻依，譬喻心如月般透亮，此詩歸於題贈酬寄類中。另，〈題歐陽氏山水後〉：「沙寒石瘦木葉落，一鈎淡月照黃昏。」（頁61）此處月以一鈎展現月的型態，亦點出時間落在上弦之前或下弦之後，由於本詩為題詩，因此歸於題贈酬寄類中。第三節煉丹修道，與丹道思想相關之作，例如，〈煉丹不成〉：「八兩日月精，半斤雲霧屑……」（頁132）月為煉丹材料中的鉛，日為丹砂〔註51〕，日月代稱煉丹材料，又如，〈三華院還丹詩〉：「……龜蛇抱一成丹藥，烏兔凝真結聖胎。夜半瀛洲寒月落，冷風吹鶴上蓬萊。」（頁159）月作為景，襯托仙境樣貌並蘊含丹道思想。第四節神仙贊頌，為神仙或聖賢人物相關之贊、頌、銘，神仙人物如〈頤庵喜神贊〉：「江月射雙眼，岩雲飛兩眉。」（頁270）此處江月、岩雲皆為襯托喜神之貌，喜神即吉神，一日中會依各個時辰值於不同方位〔註52〕。又如，〈許旌陽贊〉：「曾傳諶姆煉丹訣，夜夜西山採明月。」（頁260）前述提過明月為煉丹材料，

〔註49〕詹石窗，《南宋金元道教文學研究》，上海：上海文化出版社，2001年，頁48～55。
〔註50〕尤玉兵，〈白玉蟾文學研究〉，廈門大學中國古代文學碩士學位論文，2009年。
〔註51〕胡孚琛主編，《中華道教大辭典》，北京：中國社會科學版社，1995年，頁1193，「日月，指太陽、太陰之精，又稱日精月華。」另，黃兆漢《道藏丹藥異名索引》，台北：學生書局，1989年，頁50、222，「丹砂，異名日精、太陽、丹。」、「鉛精，異名太陰、鉛。」可知日為丹砂，月為鉛。
〔註52〕胡孚琛主編，《中華道教大辭典》，北京：中國社會科學版社，1995年，頁760。

鉛,因此本詩扣合詩題,描述道教神仙人物傳授許旌陽丹訣,及其煉丹採藥的過程。

　　第四章「月意象的展現型態」所有白玉蟾詩中含月意象之作,據展現型態歸納為四類,分析月之各種意象的意涵,及月在詩中的作用或寓意。此章之四節據程惠如〈先秦兩漢月意象詩歌研究〉,第三章為「『月』意象在先秦兩漢詩歌中的展現型態」中兩節,「時間意象的展現」與「空間意象的展現」〔註 53〕而來,並擴充兩節,來自月之神話原型及詩人本身具有之涉道思想。第一節空間結合,指詩作中自然空間之月,無論是詩人將月擬人後對其有所抒發或寄託情感,皆指空間中的自然月亮,例如〈早秋〉:「……半夜月明千籟靜,一聲猿叫萬山深。」(頁 188)此處以月為景,將月景作為自然空間,描寫月夜的萬籟俱寂,下一句的猿啼之景襯托出山中的寂靜。又如〈夜深〉:「一夜尋思未得詩,樓前只有月相知……」(頁 186)詩中空間以月景表現,結合將月擬人化的寫作手法,比喻只有月才理解此刻詩人的心情與心境。第二節時間變化,指日月、月夜、秋月等等,月所顯現的時間變化作品,例如〈冬夜巖居二首〉:「中酒梅花月夜,懷人松籟霜天。」(頁 33)此處的月夜點出此時非朔、晦月,而是看的見月亮的夜晚,此外,〈立秋有感〉:「流年急似箭,日月跳如丸……人生只如許,不覺鼻頭酸。」(頁 115)其中日月為時間之變化,感嘆時光飛逝。第三節神話典故,指與月相關之神話典故,此類詩作通常有:姮娥、廣寒、兔冷蟾寒、玉宮、玉盤、銀蟾、蟾蜍、蟾娟、蟾輪、和玉輪等之字詞。劉傳新提到,奔月神話中的角色,除了羿尚有嫦娥、西王母、嫦娥所變成的蟾蜍。〔註 54〕此外,漢代畫像石常出現女媧、伏羲,以及西王母、玉兔,前者形象,女媧手舉月亮,月中或有蟾蜍,與伏羲手持太陽,兩者上身皆為人形,下身呈雙蛇交尾之貌,象徵月神、日神和繁衍,後者玉兔在西王母身旁搗長生不死之仙藥,因此西王母具月神身分〔註 55〕。由上述可知,嫦娥、女媧、西王母、蟾蜍、玉兔具有共通性,和月亮神話密不可分。至於詩作例子,如,〈冬夕酌月三首〉之

〔註 53〕程惠如,〈先秦兩漢月意象詩歌研究〉,雲林科技大學漢學資料整理碩士學位論文,2008 年 1 月。

〔註 54〕劉傳新,〈高懸於中國詩壇上的月亮——中國詩歌的原型研究之二〉,《東岳論叢》,1992 年,02 期,頁 106。

〔註 55〕呂微,〈楚地帛書、敦煌殘卷與佛教偽經中的伏羲女媧故事〉,《神話何為:神聖敘事的傳承與闡釋》,北京:社會科學文獻出版社,2001 年,頁 330。王孝廉,〈西王母與周穆王〉,《中國神話與傳說學術研討會論文集》,台北:漢學研究中心,1996 年,頁 309。

一「……明日定知廣寒殿，姮娥失卻水晶梳。」以及之二：「兔冷蟾寒桂影疏，化為霜露瀉庭除……」（頁 205）此處將月神話中的元素融入詩作當中，增添詩的文學創作性質，並予以讀者奇幻想像。第四節涉道展現，與涉道〔註56〕相關之思想、術語、描寫宮觀相關之詩作皆列入其中，例如，〈丹詩〉：「太乙壇前偃月爐，不消柴炭及吹噓……」（頁 157）偃月爐為道教中煉丹術語，為內丹的煉藥工具，又稱「陰爐」〔註57〕，由於爐形狀似半弦月而得名，點綴詩中景物樣貌。此外，由於白玉蟾「融攝禪宗之學，認為道即是心，心即是道」〔註58〕可知其並非只專於道教學說，例如〈泰定庵〉：「太極函三性，千燈共一光。猿啼廬阜月，雁叫洞庭霜。」（頁 113）庵為佛教建築，詩人卻在此悟出道意，月為景，融攝道教宇宙觀——太極，為天地形成之前的一個階段〔註59〕，三性一般指元神、元精、元氣〔註60〕，太極之中涵蓋三性，交代三性由來，因此詩中此處並不單純寫廬山月景，亦涵蓋道教宇宙生成觀念。

　　第五章「白玉蟾月意象詩作的價值及其弟子相關詩作之傳承」，第一節白玉蟾月意象詩作的價值意義，蒐集後人對白玉蟾詩、詞、文的評論，並針對本論文內容，對月意象詩的價值進行歸納。第二節月意象詩在白玉蟾弟子作品中之傳承，此節初步探析白玉蟾部分弟子月意象詩作，並統整眾弟子詩風和白玉蟾詩風的異同，與詩作傳承之可能性。

　　第六章「結論」，統整上述各章節所提出之論點，並進行歸納與總結。

〔註56〕另有「涉道詩」一詞，興於兩晉南北朝時期，描寫道教勝地、宮觀，吟詠道教義理、教義的詩作。胡孚琛主編，《中華道教大辭典》，北京：中國社會科學版社，1995 年，頁 1566。

〔註57〕胡孚琛主編，《中華道教大辭典》，北京：中國社會科學出版社，1995 年，頁 1188。

〔註58〕卿希泰編，《中國道教史》卷三，成都：四川人民出版社，1996 年，頁 124。

〔註59〕胡孚琛主編，《中華道教大辭典》，北京：中國社會科學出版社，1995 年，頁 450。

〔註60〕胡孚琛主編，《中華道教大辭典》，北京：中國社會科學出版社，1995 年，頁 1140。元神，又稱「元性」、「先天之性」，丹家所謂煉神即指煉元神（同此注，頁 1209）。元精，又稱「二五之精」，為「氣之精者」，不只是氣之精，精中含神（同此注，頁 1208）。元氣，又稱「玄元始氣」等等，具有物質特性和精神特性，丹家認為是「初始狀態訊息，人體生命的能量流」（同此注，頁 445、1208）。

第二章　白玉蟾生平及著述

　　歷來研究白玉蟾文學或思想者，多會研究其生平。北宋時，因徽宗（1082
～1135）寵信道士林靈素（1075～1119），加上用兵不當致使國家滅亡，南遷
後，上位者對道士改為安撫與利用，而權臣的出現對於南宋的滅亡興起推波助
瀾的功用。生於南宋中期的白玉蟾，因科舉中不被考官重視，從而踏上求道之
路。在動盪年代中，各個道教派別發展蓬勃，因此他吸收儒家理學與禪宗思
想，並將煉養內丹〔註1〕與施行雷法〔註2〕結合成新的成仙過程，修建用以傳
道、舉辦法會的「靖」，完善教義、壯大教團，最終形成金丹派南宗。

　　因此，本章為整理前人對於白玉蟾生平研究結果，並深化白玉蟾之生平、
生卒年等等之部分研究。

第一節　白玉蟾所處時代背景

　　以道教史觀來看，北宋與南宋之道教有所不同，前者寵信當代道士，教義
則沿襲隋代與唐代，為鞏固政權，重道法，輕煉養〔註3〕；後者除了既有的正

〔註1〕煉養內丹，進行性命雙修之功夫，命為精、氣，性為心、神。胡孚琛主編，《中
　　　華道教大辭典》，北京：中國社會科學版社，1995 年，頁 1126。

〔註2〕雷法，又稱五雷正法，北宋末時內丹修煉與法術相結合之道法，以雷部正神為
　　　信仰，可「驅雷役電，禱雨祈晴，治祟降魔，禳蝗蕩癘，煉度幽魂。」胡孚
　　　琛主編，《中華道教大辭典》，北京：中國社會科學版社，1995 年，頁 584。

〔註3〕道法，道教法術總稱，包含三大類，一為修練自身之內外丹術、氣功、存想等
　　　等；二為干預鬼神或外部對象為主之降妖、治病、隱形或飛天等等；三為占卜
　　　預測之相地、相宅、相術、星命等等。胡孚琛主編，《中華道教大辭典》，北京：
　　　中國社會科學版社，1995 年，頁 506、576。此「重道法，輕煉養」中的「道
　　　法」指第二類之祈福、除妖等等，「煉養」指第一類之內外丹修煉等等。

一〔註4〕、上清〔註5〕、靈寶〔註6〕，又出現太一教〔註7〕、金丹派南宗等等新興教派，各派的道教教義之共同點，倡導三教同源，融攝佛教禪宗、儒之理學，而此時煉養之風卻開始興盛。〔註8〕

北宋初宋太宗（939～997）為鞏固政局，以崇元大師張守真（？～？）所奉「翊聖」之言，證明自己繼承皇位乃順應天命，為宋代道教之開端。其子宋真宗（968～1022）在祥符元年（1008）稱天書降臨，自此開始崇奉道教，不只有一般的齋醮法事活動，而是真正信仰道教。原因有二，其一，同年，遼兵侵北，真宗御駕親征，卻被困於澶州，自此主和派執政，為避開戰，托神人入夢、天書降世之言，以震外族。其二，宋初政局仍未穩定，沿用五代時期興盛的黃老思想治理天下——歸隱以自保、清淨無為的精神。由於唐代不似漢代運用黃老思想時只「尚其言」，單用來治理刑罰方面，更「宗其道」國家才能太平、和平，因此效法唐代，將此種思想做為宗教思想，使其蒙上宗教色彩。〔註9〕

方豪在其著作《宋史》言：「北宋中葉以後，內有黨爭及匪亂，而外患亦日熾。」〔註10〕由此可知，黨爭以及外族的威脅，使北宋日漸衰落。宋徽宗時，初期局勢穩定，但政和三年（1113）後，內憂外患漸多，社會開始動盪不安。因此，徽宗稱老子入夢，天神降臨，以宗教名義神化宋代，穩定政局。徽宗對道士禮遇優厚，亦仿官吏品制設立道官、道職，並設立道學，編修道經，彰顯此時道教的興盛。與此同時，卻排斥佛教，施行輕佛的相關政策。最後由於過度相信道士林靈素，致使金兵入京，造成北宋滅亡。〔註11〕

〔註4〕正一道，亦稱正一教、正一派，於元成宗大德八年（1304）合龍虎宗、茅山宗、閣皂宗、神霄派、清微派、東華派、天心派、淨明道、太一道等等，與全真道並列全國兩大派。胡孚琛主編，《中華道教大辭典》，北京：中國社會科學版社，1995年，頁64。

〔註5〕上清派，奉《上清經》，由東晉道士楊羲（330～386）所建。胡孚琛主編，《中華道教大辭典》，北京：中國社會科學版社，1995年，頁55。

〔註6〕靈寶派，奉《靈寶經》，晉末、劉宋時具影響力，金、元以後以閣皂山為本山。胡孚琛主編，《中華道教大辭典》，北京：中國社會科學版社，1995年，頁55。

〔註7〕太一教，金初時北方興起的三個新道派之一，由蕭抱珍（？～1166）所建。胡孚琛主編，《中華道教大辭典》，北京：中國社會科學版社，1995年，頁63。

〔註8〕任繼愈，《中國道教史》，上海：上海人民出版社，1997年，頁469～471。

〔註9〕任繼愈，《中國道教史》，頁472～477。

〔註10〕方豪，《宋史》，台北：華岡出版社，1979年，頁153。

〔註11〕任繼愈，《中國道教史》，上海：上海人民出版社，1997年，頁469、480～488。劉精誠，《中國道教史》，台北：文津出版社，1993年，頁220～221。

　　南宋時，北方由金人統治，許多道觀被毀壞。吸取北宋教訓，道士不受重視，只給予安撫，甚至被利用與控制，不似徽宗時期那般寵信道士，只進行齋醮法事活動或召見與封賜。因此，無論是延續到元代的正一道，或新興創建的各個教派，唯在民間活動。教義方面，不似北宋時以道法為主，而改以內丹煉養，有些與符籙〔註12〕使用結合，產生新的道派。白玉蟾所建之金丹派南宗，以修煉內丹為主兼修煉道法，不同於南方其他派別重道法，在元代後，金丹派南宗歸於全真道〔註13〕，其餘歸於正一道。〔註14〕

　　南宋末宋理宗（1205～1264），推崇理學，大興儒教，以其思想治國，卻不重視變革，使南宋愈加趨近滅亡。宋理宗並非只偏重儒教，對於道教亦有些微的影響，嘉熙三年（1239）召見正一道天師張可大，賜予封號、賜田若干頃、免去龍虎山部份道觀之租稅，由此奠定正一道為江南各道派之首領。此外，宋理宗命道士刊印道書《太上感應篇》，使此書廣為流傳。〔註15〕南宋末的滅亡與腐敗與此時的權臣史彌遠（1164～1233）、賈似道（1213～1275）相關，方豪《宋史》提到：

> 《宋史》卷406〈洪咨夔傳〉曰：「彌遠死，帝始親政。」同書同卷〈催與之傳〉曰：「端平初，帝始親政。」……「彌遠相寧宗十七年，相理宗又九年，其握權既久於檜，檜僅殺岳飛、竄趙鼎等，彌遠則擅廢寧宗所建皇子，而別立嗣君，其無君之罪更甚於檜……」〔註16〕

秦檜（1091～1155）在史彌遠卒後仍罵名不斷，但史彌遠目中無君、越俎代庖之罪大於秦檜，除了擅自廢除寧宗（1168～1224）所立之皇子，陶晉生《宋遼金元史新編》言，史彌遠又罷黜理宗欲招攬重用的儒臣二名，在端平元年

〔註12〕符，「又稱『神符』、『道符』、『天符』，道法重要手段之一。」早期教團創有系統的符書，後期加以創變。種類繁多，以施用對象分，有治病符、鎮妖符等等；以尊神或祖師命名者，有老君符、天師符等等。籙，「又稱法籙、寶籙，一種道教符書，作為入道憑信與行法依據……於長期演變中，與符一起傳授，稱為授符籙或授籙，以做入道憑信和道階標誌。」胡孚琛主編，《中華道教大辭典》，北京：中國社會科學版社，1995年，頁630、648。

〔註13〕全真道，又稱全真教、全真派，金朝時期北方興起的三個新道派之一。胡孚琛主編，《中華道教大辭典》，北京：中國社會科學出版社，1995年，頁66。

〔註14〕任繼愈，《中國道教史》，上海：上海人民出版社，1997年，頁490～492。謝路軍，《中國道教源流》，北京：九州出版社，2004年，頁92。

〔註15〕任繼愈，《中國道教史》，上海：上海人民出版社，1997年，頁492～493。

〔註16〕方豪，《宋史》，台北：華岡出版社，1979年，頁219～220。

（1234）他逝世之後，理宗才重新招攬此二位儒臣。〔註17〕至於賈似道，方豪《宋史》提到：

> 卷四七四賈似道傳曰：「理宗崩，度宗又其所立，每朝必答拜，稱之曰『帝臣』而不名；朝臣皆稱為『周公』……」……又曰：「時襄陽圍已急，似道日坐葛嶺，起樓閣亭榭；取宮人、娼、尼有美色者為妾，日淫樂其中……」〔註18〕

可見賈似道從理宗在位時便為權臣，才能擁立度宗（1240～1274）上位，甚至被稱為「帝臣」，可見其權勢之大、私心之重，因此《宋遼金元史新編》謂之「窮奢極慾，朝政不修。」〔註19〕。

白玉蟾所創之金丹派南宗，是相對於北宗而言。北宗全真道建立者為王喆（1112～1170），號重陽。南宗起於北宗之前，南北宗稱呼為後人所加，亦早已建立自己的理論，可由初祖張伯端（987～1082）言起，字平淑，號紫陽，天台山人，初為儒生，科舉中進士後，卻因故被貶官，寧熙二年（1069）在成都悟道，悟道後代表作《悟真篇》主要論述內丹修煉，自此書開始，便已有南宗。「南宗先命，北宗先性」〔註20〕，南宗融攝三教理論，最終目的則是煉成金丹，倡導先命後性，亦即先由調整呼吸，由氣和精開始修煉，此稱先修命，入手後，再到神〔註21〕。張伯端後傳二祖石泰（1022～1158），號杏林，著有《還原篇》；再傳三祖薛道光（1078～1191），號紫賢，著有《還丹復命篇》；又傳四祖陳楠（？～1213），號翠虛，著有《翠虛篇》，最後為五祖白玉蟾，後人尊稱為南宗五祖。〔註22〕

從文學史角度來看，宋代的文學類型除了詩，尚有詞、散文、話本、民歌，文學批評的著作詩話、詞話，以及包含故事、史料、考索，內容瑣碎的筆記等

〔註17〕陶晉生，《宋遼金元史新編》，台北：稻香出版社，2003年，頁132。

〔註18〕方豪，《宋史》，台北：華岡出版社，1979年，頁220。

〔註19〕陶晉生，《宋遼金元史新編》，台北：稻香出版社，2003年，頁133。

〔註20〕陳國符，《道藏源流考》，北京：中華書局，2014年，頁220。

〔註21〕精：內丹中指元精，張伯端《悟真篇》言其「非淫佚所感之精。」〈清華秘文〉言「元神見而元氣生，元氣生而元精產。」。氣（炁）：煉丹藥物之一，透過修煉可與神結合而不散，即為還丹。內丹中尚分內氣、外氣、先天氣、後天氣。神：與心、意、性有時可通用，指人的意識、精神、大腦的記憶與思維功能。胡孚琛主編，《中華道教大辭典》，北京：中國社會科學版社，1995年，頁1206、1208、1217、1222。

〔註22〕潘雨廷，《道教史發微》，上海：上海社會科學出版社，2003年，頁130～131。謝路軍，《中國道教源流》，北京，九州出版社，2004年，頁94～95。

等。這些文學類型的出現與發展，主要由經濟與政治兩方面影響。經濟方面，宋代城鄉差距大，既有繁榮又有貧困的一面。繁榮的一面提供文學物質方面的進步，以及詞、話本、市民文學的出現；貧困的一面提供關心社會與百姓的文人創作素材。至於政治方面，宋代的官僚集團龐大卻腐敗、兵力不足、財政不足，對外族戰爭屢敗，對內又有黨爭，給予文人相關題材，亦給予沉重而無可奈何之心理壓力。因此宋代文人喜談論政事，但實施文字獄時卻有口難言，形成他們對人生抱持曠達通透或沉迷享樂的態度。〔註23〕

　　綜上可知，無論由道教史觀或文學史觀來看，政治與經濟與其各自的關係密不可分，此種文學盛放、三教相互影響的背景時代，白玉蟾的詩，便是由此創作而出。

第二節　生平

　　據弟子彭耜所著〈海瓊玉蟾先生事實〉云：

> 先生〔註24〕姓葛，諱長庚，字白叟，先世福之閩清人。母氏夢食一物如蟾蜍，覺而分娩。時大父有興，董教瓊琯，是生於瓊。蓋紹熙甲寅三月之十五日也……父亡，母氏改適。〔註25〕

由此可知玉蟾之基本家世背景，原名葛長庚，字白叟，祖先為閩清人，舉家搬遷後，於海南出生，母他適則改姓白。又言白玉蟾師從陳楠，字眾甫，號有海南翁、瓊山道人、蠙庵、武夷散人、神霄散吏、紫清真人。因其至雷州，繼承白氏之後，才改姓白。〔註26〕〈神仙通鑑白真人事蹟三條〉提到，其自幼天資聰穎，能詩賦，亦能背誦九經，十歲時到廣州應童子科，能應考官之命賦詩「大地山河作織機，百花如棉柳如絲，虛空白處做一疋，日月雙梭天外飛。」考官

〔註23〕郭預衡編，《中國古代文學史長編（宋遼金）》，北京：首都師範大學出版社，1992年，頁1～23。

〔註24〕陳國符引用東晉《太極真人敷靈寶齋戒威儀諸經要訣》：「先生位重，不可妄稱……夫先生者，道士也。於此學仙，道成曰真人。」又言唐、五代、兩宋多賜號先生，道士亦有賜號真人者，後真人之號卻過於濫用。陳國符，《道藏源流考》，北京：中華書局，2014年，頁226。

〔註25〕宋·白玉蟾著、蕭天石主編，《白玉蟾全集》上冊，台北：自由出版社，2019年，頁29。

〔註26〕宋·白玉蟾著、蕭天石主編，《白玉蟾全集》上冊，台北：自由出版社，2019年，頁29～30。

卻認為他過於狂妄，而不予以合格。〔註27〕關於師從陳楠後事蹟，可見《歷世真仙體道通鑒》：

> 其初，先生事翠虛九年，始得其道。翠虛遊方外，必與先生俱。逮翠虛解化于臨漳，先生乃獨往還於羅浮、霍童、武夷、龍虎、天台、金華、九日諸山。鬐頭跣足，一衲弊甚，而神清氣爽，與弱冠少年無異。〔註28〕

以及〈神仙通鑑白真人事蹟三條〉所言：

> 嘉定癸酉翠虛假水解於臨漳……先生盡得其旨，乃披髮佯狂，走諸名山，足跡幾徧。人有疾苦，或草或木或土或炭，隨所得予之餌者輒愈。〔註29〕

可知陳楠雲遊四方時必定帶著其徒白玉蟾，迨陳楠仙逝時，白玉蟾年方十九，得其師真傳，之後歷於諸山，不受禮教規範，過著風餐露宿、蓬頭赤腳的日子。間或替人治病，以手邊現有的素材，做為藥餌，使病患痊癒。詹石窗認為「這種情形說明他經過了一段頗為神秘的修行時光。」〔註30〕。

上述彭耜所著〈海瓊玉蟾先生事實〉提到白玉蟾之家世背景及其母於夢中食如蟾蜍之物而分娩，與清代的彭翥〈神仙通鑑白真人事蹟三條〉，有雷同之處：

> 玉蟾，本姓葛，大父有興，福州閩清縣人，董教瓊州，父振業，於紹興甲寅歲三月十五，夢道者以玉蟾蜍授之，是夕產子，母即玉蟾名之以應夢，稍長，又名長庚，祖父相繼亡，母氏他適，因改姓白，號瓊琯。〔註31〕

其言生年與彭耜所言不同，第三節將探析生卒年問題，此處略過。值得關注的是，兩者皆有父母夢見與蟾蜍相關之事而生玉蟾。詹石窗《南宋金元道教文學研究》言《歷世真仙體道通鑑》載玉蟾母懷孕時夢一物如蟾蜍，因而命名玉

〔註27〕宋・白玉蟾著、蕭天石主編，《白玉蟾全集》上冊，台北：自由出版社，2019年，頁41～42。

〔註28〕元・趙道一，《歷世真仙體道通鑒》卷四九，《正統道藏・洞真部・傳記類》第八冊，台北：新文豐出版社，1995年，頁745。

〔註29〕宋・白玉蟾著、蕭天石主編，《白玉蟾全集》上冊，台北：自由出版社，2019年，頁41～31。

〔註30〕詹石窗，《南宋金元道教文學研究》，上海：上海文化出版社，2001年，頁43。

〔註31〕宋・白玉蟾著、蕭天石主編，《白玉蟾全集》上冊，台北：自由出版社，2019年，頁41。

蟾。〔註32〕究其如此記載之原因，除了解釋玉蟾名之由來，亦有道教後人為神化前人之因，透過描述前人所發生之異象，以達到神化前人之目的。例如，劉國鈞〈老子神化考略〉探究老子由思想家漸變為道教教主之神化過程：

> 《高上老子內傳》曰：「太上老君姓李氏，名耳，字伯陽。其母曾夢日精下落，如流星，飛入口中，因有娠。」此皆可見太上老君稱號發生之早而足以表現老子在傳說中之地位也……《猶龍傳》引《玄中記》云：老子之母……「夢天開數丈，眾仙捧日出，良久，見日漸小，從天而墜，化為五色之珠，大如彈丸，夢中得而吞之。因而有孕……〔註33〕

由此可知老子（西元前 571～472）神化過程中，後人所添加之傳奇，使其不似一般尋常人出世，必有一些異象彰顯他們的與眾不同。此種神化手法亦可追溯到殷商時期的神話：

> 商民族始祖契是簡狄吞食燕卵而生……他們反映了部族成員對自己祖先的追念，表現出民族自豪感。〔註34〕

這種吞嚥而產子的說法，顯現後人對祖先的懷念與敬仰之心。因此，弟子所記載的白玉蟾出生內容，撰寫因素除了弟子對其師之個人情感投射外，尚含道教中神化道士之意味。至於「蟾」與宗教、神話之關聯，將於第四章進行探究。

據〈海瓊玉蟾先生事實〉，嘉定丙子年（1216），適逢乾旱，眾多道士誦木郎咒〔註35〕祈雨卻不靈驗，白玉蟾更改並誦之，果然順利下雨，此事被人懷疑他為張繼先〔註36〕的轉世，亦襯托白玉蟾身為道士，玄妙高深的一面。嘉定戊寅年（1218），白玉蟾曾受到朝廷的注意，無論是在西山玉隆宮適逢寧宗降御香，欲避之，卻被挽回而主醮事時，或於九宮山瑞慶宮主辦國醮時，「有旨召

〔註32〕詹石窗，《南宋金元道教文學研究》，上海：上海文化出版社，2001 年，頁 42 ～43。

〔註33〕劉國鈞，〈老子神化考略〉，《金陵學報》，1934 年，02 期，頁 24～25。

〔註34〕袁行霈，《中國文學史》上冊，台北：五南，2011 年，頁 39。

〔註35〕木郎野祭雷神祕法，「祭雷神以禱雨祈晴、除邪伐廟的方法，與木郎咒、木郎符配合使用。」胡孚琛主編，《中華道教大辭典》，北京：中國社會科學版社，1995 年，頁 629。

〔註36〕張繼先，北宋末江西龍虎山人。字嘉聞，號翛然。天師道第三十代天師，賜號虛靖先生。胡孚琛主編，《中華道教大辭典》，北京：中國社會科學版社，1995 年，頁 121。

見」，都足以顯現朝廷曾對其表示重視。隔年，有佛教僧侶對白玉蟾一番言論興致盎然，而開始「從事於道」，印證此時思想佛、道可相融，及白玉蟾具有影響力。壬午年（1222），白玉蟾「伏闕言天下事」，有臣奏曰其「左道惑眾」，為左道旁門、妖言惑眾，因而被逐出京城。〔註37〕卿希泰認為：

> 看來他還是個關心國事的人，然朝廷只把他看作一個能行齋醮的符
> 籙道士，哪裡會給他言天下事的權利。〔註38〕

由於南宋吸取北宋因寵信道士而滅亡之教訓，對於道士之言不加以輕信，之後，白玉蟾便專注於南宗教團的組織與傳道收徒之上，甚至理宗時期曾賜「養素」之號，白玉蟾只是「褻笑不受」〔註39〕。

至於金丹派的建立何以確定是他所為，首先，蓋建民〈白玉蟾道教金丹派南宗與天師道關係新探〉對於「靖」有詳細研究：

> 南宗有自己特有的傳教基地，「靖」，白玉蟾有「碧芝靖」和止止庵
> 等，白玉蟾的幾個弟子分頭傳教，也各自建立了傳教場所，彭耜有
> 「鶴林靖」，林柏謙有「紫光靖」。「靖」乃南宗主要的宗教活動場
> 所，為南宗傳教的基地。〔註40〕

蓋建民說明白玉蟾、弟子彭耜、再傳弟子林柏謙各自的靖之名稱及用處，此時的南宗以靖做為傳道地點，亦會在此進行法事活動。接著，蓋建民對靖的所在地蒐集了相關文獻與進行田野調查後，有進一步發現：

> 《鶴林法語》中有一段度師彭耜講給林伯謙的話，度師謂伯謙曰：
> 「爾祖師所治碧芝靖，予今所治鶴林靖，爾今所治紫光靖，大凡奉
> 法之士，其所以立香火之地，不可不奏請靖額也，如漢天師二十四
> 治是矣。」《靖治律》曰：民家曰靖，師家曰治。〔註41〕

得知三點訊息，一為金丹派所設置的靖之制度為沿襲天師道之二十四治之制度，二為靖與二十四治皆作為傳道或進行宗教活動之場所，三為靖需朝廷同意

〔註37〕宋・白玉蟾著、蕭天石主編，《白玉蟾全集》上冊，台北：自由出版社，2019年，頁32～35。

〔註38〕卿希泰編，《中國道教史》卷三，成都：四川人民出版社，1996年，頁122。

〔註39〕宋・白玉蟾著、蕭天石主編，《白玉蟾全集》上冊，台北：自由出版社，2019年，頁37。

〔註40〕蓋建民，〈白玉蟾道教金丹派南宗與天師道關係新探〉，《湖南大學學報》（社會科學版），2014年，04期，頁104。

〔註41〕蓋建民，〈白玉蟾道教金丹派南宗與天師道關係新探〉，《湖南大學學報》（社會科學版），2014年，04期，頁104。

才可設立。至於白玉蟾的碧芝靖，則可能位在福州閩清縣境內或附近。〔註42〕
又，李興華〈白玉蟾對金丹派南宗之影響與貢獻〉之見解與蓋建民雷同，由彭
耜對弟子提及白玉蟾時的稱謂為「師祖」，以及各自擁有傳教場所的「靖」，表
示各類法事亦在此舉辦，換言之，在白玉蟾時期便有意收徒及建立教團系統。
白玉蟾亦曾言以《九要》作為入道之教規，並舉辦傳法之宗教活動，證明教團
已具一定規模，另一方面，由白玉蟾之著作內容，可看出其對於教義的完善有
一定貢獻。〔註43〕既然有了傳道場所、教義，白玉蟾傳道之對象又有何人，曾
金蘭〈白玉蟾交游論考——丹道南宗傳道對象分析〉之見解：

> 可窺知南宗在白玉蟾時期，依其人格特質所建立的交游途徑如下：
> 一是透過官式道場與訪問地之詩社等文化社團進行；二為雲遊山
> 林訪遇；三為傳度弟子；四為與各名山宮觀道士交流。若從區域來
> 看，多集中在浙江、閩贛、湖廣與安徽之間。其中以武夷山為中心
> 的交游，明顯呈現出地緣關係的影響，這也是南宗傳播最鮮明的特
> 色。〔註44〕

嘉定九年（1216）時白玉蟾之止止庵落成於武夷山，並居於此地，因此以武夷
山為交游中心，結識了當時身為官員的彭耜與其父、蘇轍的四世孫——蘇森、
黃雍、陳與行等人；身為道士的陳洪範、陳丹樞等人；身為宗室的趙汝澮、趙
汝渠等人。他們或為傳道對象，或為切磋琢磨的友人，形成了白玉蟾的交游網
絡。〔註45〕

綜觀上述，不難看出白玉蟾因科舉不順，始而入道，這點與初祖張伯端
因遭貶官而入道雷同。入道後過著雲遊各處的修行生活，卻仍不忘關懷時政，
但道士的身分，導致其言不被朝廷重視，而將原本關心國家的精力放在壯大
金丹派南宗之上，完善教義與義理，興建靖，做為南宗傳播地，舉辦齋教活
動，傳道對象由身邊友人擴至達官貴族，彰顯金丹派的組織系統化與教團之
壯盛。

〔註42〕蓋建民，〈白玉蟾道教金丹派南宗與天師道關係新探〉，《湖南大學學報》（社會科學版），2014年，04期，頁104～107。
〔註43〕李興華，〈白玉蟾對金丹派南宗之影響與貢獻〉，《宗教哲學》，2020年，92期，頁102～104。
〔註44〕曾金蘭，〈白玉蟾交游論考——丹道南宗傳道對象分析〉，《世界宗教學刊》，2007年，10期，頁251。
〔註45〕曾金蘭，〈白玉蟾交游論考——丹道南宗傳道對象分析〉，《世界宗教學刊》，2007年，10期，頁253～276。

第三節　生卒年之爭議

　　歷來研究白玉蟾者不免會探討其生卒年，對於生年探討主要有兩種說法，分別依據彭耜〈海瓊玉蟾先生事實〉的紹熙甲寅年（1194）〔註46〕以及彭翥〈神仙通鑑白真人事蹟三條〉紹興甲寅年（1134）。〔註47〕至於卒年也有幾種觀點，彭耜〈海瓊玉蟾先生事實〉的紹定己丑（1229年）說〔註48〕，以及據白玉蟾作品之自述年紀、外貌等等。

　　卿希泰《中國道教史》認為其生年可依弟子彭耜〈海瓊玉蟾先生事實〉所言的紹熙甲寅年（1194）為實，對於卒年，他的看法如下：

> 關於白玉蟾的卒年，《江西通志》說為紹定己未，己未當為己丑（1229年）之誤。事實上，他大約活到元初，卒於紹定己丑，當為白玉蟾為顯示神異而玩的花招。〔註49〕

接著，他引用潘牥在〈海瓊玉蟾先生文集原序〉中自述認識白玉蟾過程，並以此序作於端平丙申年（1236）推論此時白玉蟾尚健在。「卒於紹定己丑」之說可據〈海瓊玉蟾先生事實〉：

> 紹定己丑冬，或傳先生解化於盱江。先生嘗有詩云：「待我年當三十六，青雲白鶴是歸期。」以歲計之，似若相符。逾年，人皆見於隴蜀，又未嘗有死，竟莫知所終。〔註50〕

文末言白玉蟾解化後，又有人發現其蹤影，才斷定紹定己丑（1229）非其卒年。詹石窗參考卿希泰說法，並針對白玉蟾〈水調歌頭・自述〉加以研究，認為其生年為1194，而卒年在1284以後。〔註51〕方悠添〈白玉蟾的生平事蹟和成材原因研究〉，對於白玉蟾生卒年見解與上述二者各有異同，認為其生於紹興甲寅年（1134）而卒於紹定己丑年（1229）或以後，享年96或以上。理由有五點，一為彭耜身為白玉蟾徒弟，卻不清楚其卒年，生年更不足以相信。二為白

〔註46〕宋・白玉蟾著、蕭天石主編，《白玉蟾全集》上冊，台北：自由出版社，2019年，頁29。

〔註47〕宋・白玉蟾著、蕭天石主編，《白玉蟾全集》上冊，台北：自由出版社，2019年，頁41。

〔註48〕宋・白玉蟾著、蕭天石主編，《白玉蟾全集》上冊，台北：自由出版社，2019年，頁35。

〔註49〕卿希泰編，《中國道教史》卷三，成都：四川人民出版社，1996年，頁120。

〔註50〕宋・白玉蟾著、蕭天石主編，《白玉蟾全集》上冊，台北：自由出版社，2019年，頁35～36。

〔註51〕詹石窗，《南宋金元道教文學研究》，上海：上海文化出版社，2001年，頁43。

玉蟾著述甚多，不可能僅在 36 年內完成，因此彭耜對於生年說法有誤。三為
彭耜之〈神仙通鑑白真人事蹟三條〉對於白玉蟾活動年代記載詳細，亦有許多
文獻支持此說法。四為白玉蟾有許多作品自述年事已高，或描述自己形同老人
的容貌等等。五為白玉蟾身為金丹派五祖，對於養生、長生自然會有所追求，
因而不可能早逝。〔註 52〕

　　尤玉兵〈白玉蟾文學研究〉則是對白玉蟾生年有其見解，他不似前述肯定
其生年為紹熙甲寅年（1194），而是蒐集前人研究或相關著述，逐一探究後才
認為非紹興甲寅年（1134），對於卒年則未有斷論，並發現一項前人未提起之
材料：

> 筆者據所查資料，認為前說相對較為可信，「紹興甲寅」應不能成
> 立。但據《全宋文》中收錄的白玉蟾的〈與寶謨郎中書〉：「……三
> 十三年之蹭蹬，且過壬寅，七返九還之大丹，成於乙巳。」……壬
> 寅，應為 1182 年或 1242 年，而乙巳為 1185 年或 1245 年。再結
> 合文中所說的「三十三年之蹭蹬」……其生年就應該為 1150 年或
> 1210 年，無論是那一種，都和「紹熙甲寅」及「紹興甲寅」相去
> 甚遠。〔註 53〕

由此可知，尤玉兵認為此文中「三十三年」為自述之年紀。但此亦可解讀為
修練內丹的一個年齡階段，為「上年」過渡到「中年」之間，也就是由「早
悟大道」的階段至「悟道已晚」之間〔註 54〕，再結合後文所言「七返九還之
大丹」，指大還丹在提煉中的過程〔註 55〕，此處當為白玉蟾自述煉丹修道之
過程。而無論生年為 1134 或 1194 年，乙巳年（1185 或 1245）時他的年紀應
為五十一，若採卿希泰所認為之 1194 為生年，亦可佐證其認為白玉蟾活到元
初之說法。

〔註 52〕方悠添，〈白玉蟾的生平事蹟和成材原因研究〉，海南師範大學歷史學碩士學
　　　　位論文，2018 年 3 月，頁 19～22。

〔註 53〕尤玉兵，〈白玉蟾文學研究〉，廈門大學中國古代文學碩士學位論文，2009 年，
　　　　頁 01。

〔註 54〕《延齡先生集新舊服氣經》：「修真品有三：上年、中年、下年。上年者，二十、
　　　　三十也。中年者，四十、五十也……上年者，早悟大道，識達玄微……中年者，
　　　　悟道已晚，經肉骨髓，各有其半……」胡孚琛主編，《中華道教大辭典》，北京：
　　　　中國社會科學出版社，1995 年，頁 1139。

〔註 55〕七返九還，內丹家用來描述丹功由後天返回先天的一種過程。胡孚琛主編，
　　　　《中華道教大辭典》，北京：中國社會科學出版社，1995 年，頁 1239。

綜觀上述，筆者認為白玉蟾生年為彭耜〈海瓊玉蟾先生事實〉的紹熙甲寅年（1194），而卒年則以卿希泰《中國道教史》所認為的活到元初、詹石窗《南宋金元道教文學研究》認為活到1284年以後較為可信。理由有三，一為彭耜身為白玉蟾弟子，其師生年不可不知。二為，據《中華道教大辭典》，道教認為「尸解」，並非真正死去，而是解化成仙，有神化、傳播道教之目的。信徒對於道士自稱長生不老，進而解化成仙深信不疑，亦可增強其信仰意念。〔註56〕三為白玉蟾作品中有自述為老者之相關字詞，及著作數量相當豐厚，不可能僅在〈海瓊玉蟾先生事實〉所言的紹定己丑年（1229）解化。

第四節　著作內容及思想

明·何繼高〈瓊琯白真人集序〉言白玉蟾：「天資聰敏，髫齔時即能背誦九經，及長文思汪洋，頃刻千言立就。」〔註57〕自幼天資聰穎的他，稍加年長後不假思索便能下筆成章，顯現白玉蟾才氣縱橫的一面。因此白玉蟾一生著述甚多，以詩文而言，有《上清集》、《武夷集》、《玉隆集》等等。目前蓋建民所編之《白玉蟾詩集新編》為收集白玉蟾詩詞篇目最齊全之本，此書以清·《白真人集》重鎸版為底本，參照《葛白叟詩集》、《海瓊摘稿》、《海瓊子詞》、《道藏》、《道藏輯要》、《藏外道書》、《中華續道藏》和地方史料文獻所輯而成。

道教思想而言著作，有與雷法相關的《九天應元雷聲普化天尊玉樞寶經集注》二卷，收錄在《道法會元》中，列舉如下，描述雷法修煉要訣的王文卿〈玄珠歌〉注、提到雷法與內丹相結合的〈汪火師雷霆奧旨序〉、與符籙相關的〈書符內秘〉、引導後人修煉雷法的〈坐煉功夫〉、道士應恪守的《道法九要》等等，及《法海遺珠》中附傳承譜系的〈洞玄秘旨〉。〔註58〕

南宗初祖張伯端所著關於丹道修煉之《悟真篇》，以及道禪融合之思想，不免影響身為南宗五祖的白玉蟾。任繼愈《中國道教史》提到：

> 張伯端後學中重禪道融合的一類，以白玉蟾為代表。他主張一種融
> 攝了禪法，但又不同於〈青華祕文〉丹法的內丹之道。這種丹道以

〔註56〕胡孚琛主編，《中華道教大辭典》，北京：中國社會科學版社，1995年，頁608。
〔註57〕宋·白玉蟾著、蕭天石主編，《白玉蟾全集》上冊，台北：自由出版社，2019年，頁24。
〔註58〕卿希泰編，《中國道教史》卷三，成都：四川人民出版社，1996年，頁122。

揉合釋道二家哲學的「以心契道」說為理論基礎。〔註59〕

〈青華祕文〉〔註60〕認為儒、釋、道三教對於心性之說各有不同見解，亦即各教對「心」有不同看法，然白玉蟾〈謝張紫陽書〉認為契道之心為「無心之心」，此「心」與道同為一體，亦為三教之同源，因此任繼愈認為後者較前者更顯得籠統而粗淺。《海瓊白真人語錄》言：「丹者心也，心者神也。」亦即契道之心，實為金丹。又言修煉金丹過程中，以神為主，精、氣為客，白玉蟾明顯重修心性。《海瓊傳道集》則言丹法則分成煉形、煉氣、煉神，由形與氣開始凝煉，入手後始得煉神。修練過程重「靜定無為」、「忘形絕念」，與一般傳統道教不同，蘊含禪宗思維。〔註61〕此種先由元精、氣（炁）修煉，後至神、性，先命後性的修煉方式，不同於修行過程中一般道教丹法注重時刻日辰，反而融攝禪宗思想，為南宗金丹派之一大特點。

不同於上述任繼愈將〈青華祕文〉與〈謝張紫陽書〉相互比對，李玉用比較《悟真篇》和〈謝張紫陽書〉後發表不同見解。李玉用〈略論兩宋時期道教南宗對儒佛思想的吸收與融會——以張伯端和白玉蟾為中心〉，分述張伯端如何吸收儒家心性論和禪宗之心性思想並化為其用，將道教重視服食丹藥的外丹，過渡至重煉養精、氣、神之內丹，為南宋道教開啟煉養之風鋪陳。而白玉蟾時期，有別於張伯端：

> 相較張伯端，白玉蟾建構起了比較完備的內丹心性理論。白玉蟾認為，心性的修煉是儒、佛、道三教之核心，在歸根復命這一根本目標上，三教是相同並相通的。這一點，其祖師張伯端早在《悟真篇》裡便明確提出並闡揚，「教雖分三，道乃歸一」，白玉蟾繼承並發展了這一思想：在白玉蟾看來，「天下無二道，聖人無兩心。會萬化而歸於一道。」更進一步，白玉蟾直接將「心」與「道」等同起來，把小我融入大我之中，泯滅身心、內外、物我之差別，從而證成永恆不朽的大道。〔註62〕

〔註59〕任繼愈，《中國道教史》，上海：上海人民出版社，1997 年，頁 515。

〔註60〕〈青華秘文〉，全稱〈玉清金笥青華秘文金寶內煉丹訣〉，為北宋張伯端所著，以青華真人所授丹訣為論，收錄在《道藏·洞真部·方法類》。胡孚琛主編，《中華道教大辭典》，北京：中國社會科學版社，1995 年，頁 379。

〔註61〕任繼愈，《中國道教史》，上海：上海人民出版社，1997 年，頁 511、515、516。

〔註62〕李玉用，〈略論兩宋時期道教南宗對儒佛思想的吸收與融會——以張伯端和白玉蟾為中心〉，《宗教哲學》，2014 年，68 期，頁 86～87。

可見《悟真篇》與《修真十書・雜著指玄篇・謝張紫陽書》中所言「天下無二道，聖人無兩心。會萬化而歸於一道。」證明白玉蟾與張伯端為一脈相承，內丹中的心性論融攝儒、釋二家之言。另一方面：

> 白玉蟾不僅詳盡論證了心與道同，而且進一步從哲理上探討了心、性、神、道的關係。在白玉蟾看來，心與道同，心、性、神三者還是三位一體的，它們相互依存，相互統一：「心即性，性即神，神即道。」〔註63〕

心、性、神有時可通用，而在白玉蟾思想中，此三者相通，亦和道相等，道為萬物本體，心既然與道相通，心亦為萬事萬物之本源，因此，在修煉內丹過程中，亦要養護心性，才可煉成金丹，這其中融攝理學的心性論，以及禪宗的頓悟觀，雖然未完全三教合一，但李玉用認為，其對於內丹修煉與道教思想的發展理論有所助益，並影響後世丹道修煉與元朝後金丹派被併入全真道所帶來的革新。〔註64〕

　　白玉蟾除了融攝儒、釋思想於道，尚有一特點，即為將雷法〔註65〕用於丹道修煉。任繼愈《中國道教史》，提到陳楠稱己由黎母山中所遇神人授得雷法，將內丹與符籙結合，藉由煉丹便可使出雷法的「役使鬼神，呼召雷雨」，白玉蟾師承陳楠，〈玄珠歌注〉中曾言「內煉成丹，外用成法」。因此金丹派於陳楠起，除了修煉內丹外，亦開始傳授雷法。〔註66〕廖文毅〈白玉蟾內丹與雷法之融合〉言金丹派之雷法，除陳楠授予白玉蟾外，尚可追溯到北宋時使用符籙的各個道派。這些道派於內丹和雷法之結合便有所推進，如北宋末天師道第三十代天師的張繼先，〈開壇法語〉曾言，「明可以役龍虎，幽可以攝鬼神……」指煉丹之道和雷法之行，因此開啟內丹與雷法融合之路。至於白玉蟾時：

> 白玉蟾以「心」統攝內丹與雷法，並促其融合於「心」，表現出心、道、法、丹、神多位一體的概念，完成內丹與雷法融合的新境界，

〔註63〕李玉用，〈略論兩宋時期道教南宗對儒佛思想的吸收與融會——以張伯端和白玉蟾為中心〉，《宗教哲學》，2014年，68期，頁88。

〔註64〕李玉用，〈略論兩宋時期道教南宗對儒佛思想的吸收與融會——以張伯端和白玉蟾為中心〉，《宗教哲學》，2014年，68期，頁81～93。

〔註65〕雷法，又稱五雷正法，北宋末時內丹修煉與法術相結合之道法，以雷部正神為信仰，可「驅雷役電，禱雨祈晴，治祟降魔，禳蝗蕩癘，煉度幽魂。」胡孚琛主編，《中華道教大辭典》，北京：中國社會科學版社，1995年，頁584。

〔註66〕任繼愈，《中國道教史》，上海：上海人民出版社，1997年，頁518。

此心性論雖源於禪宗，出於理學，而終歸於丹道。〔註67〕

廖文毅推出此論前，分別得出內丹即道、雷法即法、煉丹即煉心、心為萬法之王、至道在心，心即是道等理，此一體多位的概念，蘊含禪宗思維、理學思想，最終卻為道所用。因此，在原只有煉丹與成仙之步驟下，白玉蟾將其變成煉丹、施雷、成仙，最後步驟之前則要「積功累行」，將內丹的「功滿行圓」和雷法的「濟世救人」相融，便完成更完整的成仙方式。〔註68〕鄭慶雲〈略論白玉蟾雷法在丹道修煉中的作用〉則提到雷法的實施方式，其言李國遠所著《神霄雷法》對於各派雷法有詳細之研究，而白玉蟾〈先天一炁火雷章使者祈禱大法〉詳列施雷步驟，大致可分前行、起召、行雷、結行。前行為施雷者該做哪些準備功夫；起召為施雷者應以誠敬、無念之心，配合誦咒、運符、招手訣、踏罡步〔註69〕；行雷為所召天將應所求之事行事，施雷者亦要默運體內真炁；結行為最後的祈晴、求雨等儀式，用以作結。最後言金丹派透過佛、道相通的思想內涵，以及雷法、內丹的修煉，達到長生與成仙的目的。〔註70〕

　　綜觀上述，白玉蟾著述繁多，詩文方面因為身為道士時而蘊含道教思想；道教方面的教義、思想哲學等等闡明金丹派南宗透過先修命再修性的先命後性，煉養精、氣、神，直至內丹修成，再搭配雷法，兩者相互結合，最終完成成仙之目的。修仙模式的完善與說服力，及累積功德、濟世救人等宗教規範，融攝儒、釋思想，除了吸引信徒崇道，在南宋末年的動盪時代，亦為信徒提供心靈平靜與支持的力量。

〔註67〕廖文毅，〈白玉蟾內丹與雷法之融合〉，《湖南科技學院學報》，2010 年，01 期，頁 86。

〔註68〕廖文毅，〈白玉蟾內丹與雷法之融合〉，《湖南科技學院學報》，2010 年，01 期，頁 81～87。

〔註69〕罡步，即步罡，為道法科儀的一種，依道法內容，步法各不相同，可召將、驅邪等等。科儀，常與齋醮連用，可作為道教儀式總稱。胡孚琛主編，《中華道教大辭典》，北京：中國社會科學版社，1995 年，頁 680、507。

〔註70〕鄭慶雲，〈略論白玉蟾雷法在丹道修煉中的作用〉，《宗教學研究》，2006 年，01 期，頁 131～135。

第三章　月意象的主題內容

　　據《白玉蟾詩集新編》中所收錄之詩，含銘、贊、頌、聯句、詩體賦，不含文賦、詞，共有一千二百五十四首，而符合月意象定義之詩共有四百三十六首，依此進行分析，並整理於附錄。本章分為四節，將具月意象之詩作，每節依主題內容分為生活吟詠、題贈酬寄、煉丹修道、神仙贊頌。此章可參考附錄二所統整之表格。

第一節　生活吟詠

　　舉凡詠人、詠物等有感而發之作，皆在本節之中。根據附錄二，本節定義詩作共一百九十三首，依詩題又分時節三十三首，詠物七十首，抒感五十四首，游地三十六首。此四類又可分若干類，如下表：

生活吟詠	細分類別	小　計	合計 193 首
時節	時間	12 首	33 首
	季節	19 首	
	節慶	2 首	
詠物	建築	36 首	70 首
	動植物	11 首	
	物體	4 首	
	月	19 首	
抒感	思念感懷	16 首	54 首
	樂府舊題	18 首	
	休閒排遣	20 首	

| 游歷 | 游地 | 17 首 | 36 首 |
| | 游山 | 19 首 | |

時節又可分時間、季節和節慶；詠物又可依對象分建築、動植物、物體和月；抒感又可依情意分思念感懷、樂府舊題及休閒排遣；游歷又可依詩題分游地和游山。

其中不乏用典神話、道教人物等等，或借景、物抒情，或憶故人、古人，可見白玉蟾道士的身分在他的生活中有不小的影響。詩中內容煉丹修道較為濃厚者直接列入第三節，和此節歸納之詩並不重疊。

一、時節

此類囊括與時間、季節、節慶相關詩作共三十三首，其中時間相關者十二首；季節相關者十九首；節慶相關者二首。

時間類中對於早晨描寫有〈早行〉和〈曉晴二首其二〉，前者「店遠雞聲近，月斜人影長。」（頁 166）其中雞鳴、月斜以聽覺、視覺摹寫[註1]，表現早晨來臨，後者亦有此類摹寫修辭「月落松方暗，花飛鳥正啼。」（頁172）月落直點天邊將明，星月黯淡之時，及鳥兒起床啼叫的熱鬧景象。剩下十一首則是對於對夜的描寫，有〈夜深〉、〈暮色〉、〈午夜〉、〈晚吟二首其二〉、〈陪莊歲寒夜坐小酌〉、〈十月十四夜〉、〈夜闌〉、〈夜漫漫〉、〈夜坐〉、〈清夜吟二首其一〉、〈清夜吟二首其二〉。此類詩中意象寄託作者情感，既有詼諧的一面；悠閒自在的一面；也有淒涼哀傷的一面，第一類例如，七絕〈夜深〉：「一晚尋思未得詩，樓前只有月相知。夜深欲睡還貪坐，坐到五更鐘動時。」（頁 186）用白描手法詼諧的寫出詩人為賦詩而晚睡之經過，視覺摹寫著重在樓前月的形象，心覺層次上簡單帶出雖然只有月相伴，卻怡然自得，乃至開始貪坐。悠閒自在者，如，〈暮色〉，此首七絕「江烟漠漠月昏昏，一點漁燈貼岸根。風攪長蘆鴉睡起，游鱗驚動水花痕。」（頁 195）寫出愜意優游的自然風光，首句用視覺摹寫描繪出江上煙霧瀰漫，連月光被雲霧遮掩後也顯得昏暗，下句的「漁燈」在一片朦朧不清的景色中，照出一點人煙氣

〔註1〕摹寫，「凡是在語文中，作者對事物的聲音、顏色、形體、情狀的各種感受，加以描繪形容的一種修辭技巧，叫做摹寫。摹寫又叫摹狀也叫摹擬。」因此，摹寫可以分為視、聽、嗅、味、觸和心覺共六種。蔡宗陽，《應用修辭學》，台北：萬卷樓，2014 年，頁 120。

息，句三「風攬」以擬人〔註2〕言風吹動長蘆，末句「鱗」借代〔註3〕魚。前二句為靜景，後二句為動景，由靜轉動，顯得詩作更加生動。淒涼哀傷者，例如五古〈夜坐〔註4〕〉：

> 硯水寒欲冰，蠟燭凝成淚。
>
> 月夜天飛霜，瑣窗人不寐。
>
> 萬竹舞風青，孤松溢露翠。
>
> 樓前呼黃鶴，淒然發清唳。（頁11）

此詩首句用物象的誇飾〔註5〕言磨墨的水將結冰，意指天氣寒冷，呼應句三的「霜」。句二以略喻〔註6〕言蠟蠋融化後的蠟像淚水，省略喻詞，剩喻體蠟燭，喻依淚。視覺移動由一開始的硯池、蠟燭漸至窗前月景，句五將場景拉遠到室外的景色，竹林、樓前、空中的鶴唳，此種由細節處描繪至大範圍的手法，使詩中景象栩栩如生。又如，七古〈夜漫漫〉二、三句，「清猿嘯夜月朦朧，木客〔註7〕暗吟淒愴意。」（頁75）猿啼的清亮聲與月亮昏暗形成對比〔註8〕，木客鳥的啼叫淒涼又悲愴，襯托夜的朦朧與感傷，七、八句才揭曉感傷之因「良宵輾轉不成眠，天外青鸞〔註9〕何未至？」此夜漫漫且無眠，只為等一書信，感慨心境呼應詩題，對於夜的漫長既焦急又無奈。

時節類中第二類季節相關者共十九首，含春夏秋冬，各六、二、七、四

〔註2〕擬人，轉化中的人性化，在語文中將物作為人加以描述，具有人的行為、情感、表情等等。蔡宗陽，《應用修辭學》，頁47。

〔註3〕借代，「又叫代稱、代替、替代、換名。所謂借代，是指在語文中，借用其他名稱或語句，來代替一般經常使用的名稱或語句的一種修辭技巧。」蔡宗陽，《應用修辭學》，頁69。

〔註4〕夜坐，指半夜時坐禪。坐禪，「坐而修禪也。」丁福保編，《佛學大辭典》，台北：佛陀教育基金會，2014年，頁1145。

〔註5〕物象誇飾，誇飾的一種，指語文中以誇張、超越客觀事實的方式，描述物的形狀外貌。蔡宗陽，《應用修辭學》，台北：萬卷樓，2014年，頁63。

〔註6〕略喻，省略喻詞，只剩喻體、喻依之譬喻。蔡宗陽，《應用修辭學》，台北：萬卷樓，2014年，頁36。

〔註7〕《異物志》曰：「木客鳥，大如鵲。數千百頭為群，飛集有度，不與眾鳥相廁。」宋·李昉，《太平御覽·卷九二七·羽族部十四》，北京：中華書局，1998年，頁4120。

〔註8〕對比，又稱映襯，將兩種不同事物或觀念，相互比較、對照。蔡宗陽，《應用修辭學》，台北：萬卷樓，2014年，頁52。

〔註9〕青鸞，或謂青鳥，神鳥名，典出《漢武故事》，青鳥飛至殿前，東方朔認為西王母將至，不久後果真應驗。詩文中多指青鳥為傳遞訊息的使者。胡孚琛主編，《中華道教大辭典》，北京：中國社會科學版社，1995年，頁1501。

首，春有〈春日遣興〉、〈春日即事〉、〈春宵有感八首其五〉、〈春晚行樂四首其二〉、〈晚春遣興二絕其二〉、〈早春〉，此類詩中月意象字詞有，月黃昏、水月、月落、月掛、皓月、月，多為和春天景物相襯，以景寄情，如七律〈春日遣興〉頷聯「蝴蝶夢殘天拂曉，杜鵑聲斷月黃昏。」（頁149）蝴蝶夢化用《莊子・齊物論》〔註10〕，杜鵑聲化用望帝啼鵑〔註11〕，各自襯托日出、月出之時，此種美景呼應尾聯中「自是吾儕適懷處」（頁149）所呈現之愜意情懷。

夏有二首，〈暑夕有懷〉，及〈夏夜露坐〉，前者為七律，詩人於「海城」避暑時所見景色，頷聯「更漏有無風逆順，紙窗明暗月高低。」（頁121）寫夜風的順逆，以及紙窗上的月光明暗，被月的高低所影響，此處月意象結合空間與時間。後者為七絕，「新月出來真解事，嫩蟬吟得自無聊。」（頁194）描繪夏夜景色，用擬人言新月「解事」，蟬聲「無聊」，藉景抒情，突顯詩人怡然自得的心情。秋有〈立秋有感〉、〈悲秋〉、〈秋日有懷〉、〈秋熟〉、〈早秋〉、〈秋夜〉和〈秋風變〉。此類詩中月意象字詞有日月、月如鉤、月明等等，秋季較能引起詩人感傷之情，例如，五古〈秋風變〉共三十四句，詩旨為思念已故佳人，而魂牽夢縈。二十七句始，「不堪酒醒時，月下與風前。」（頁27）描寫借酒澆愁轉醒後，眼前美好的月光與風景卻沒有佳人相伴的悵惘與淒然。又如五律〈秋夜〉：

> 有客眠孤館，更闌擁紙衾。
> 清風千里夢，明月一聲砧。
> 素壁秋燈暗，紅爐夜火深。
> 寒猿啼嶺外，惹起故鄉心。（頁109）

首、頷聯寫詩人下榻旅店，擁著紙被，外頭的清風伴隨思鄉之夢，明月伴隨搗衣聲。頸聯寫室內之景，以景寄情，燈光黯淡，爐火燃燒許久，暗示詩人心中愁苦，難以入眠。末聯以猿啼、故鄉心，直言濃濃的思鄉之情。冬有〈冬夕酌

〔註10〕《莊子・齊物論》，「昔者，莊周夢為蝴蝶，栩栩然胡蝶也……周與胡蝶，則必有分矣。此之謂物化。」晉・郭象，《莊子注》，台北：藝文印書館，2007年，頁68～69。蝴蝶夢，後世多指虛幻之夢。

〔註11〕《十三州志》曰：「當七國稱王，獨杜宇稱帝於蜀……遂自亡去，化為子規，故蜀人聞鳴曰：『我望帝也。』」宋・李昉，《太平御覽・卷一六六・州郡部十二》，北京：中華書局，1998年，頁808。杜鵑聲，後世多指悲慘淒涼之啼哭聲。

月三首〉、〈雪中三首其一〉，共四首，皆為七絕，前者用典嫦娥奔月〔註12〕、玉兔〔註13〕描繪月宮之景，後者除了嫦娥尚有青女〔註14〕，「青女先將霜起早，素娥始放雪飛花。」（頁205）由神話人物之舉呼應首句「朔風吹冷裂窗紗」，皆謂天氣嚴寒。節慶有〈上元〔註15〕玩燈二首〉：

> 碧玉融成萬里天，滿城羅綺競春妍。
>
> 柳梢掛月黃昏後，夜市張燈白晝然。（頁210）

> 上界天官此按行，五雲深處有簫笙。
>
> 一輪寶月明如晝，萬斛金蓮開滿城。（頁211）

第一首運用層遞〔註16〕由白天時的碧藍天空寫起，漸至黃昏、夜晚，將晝夜的上元節渲染得熱鬧至極。句二中羅綺借代絲綢，又可借指衣著華麗的女子，無論是指滿城張燈結彩的絲綢，或是因為燈節而特意打扮的女子，皆相互攀比誰更絢麗如春。三、四句黃昏對比白晝，白晝形容張燈後的景色，顯出燈火通明的夜晚仍然熱鬧非凡。第二首寫天界的上元節景色，和第一首的人間之景相映。五雲乃指青、白、赤、黑、黃五種雲色，視此種五彩之雲為祥徵。今乃天官賜福之日，天界按節日而行，祥瑞雲彩深處傳來熱鬧的絲竹之聲。末二句以月明如晝之明喻〔註17〕，萬斛金蓮之數量誇飾〔註18〕，描繪天界景色之美。

〔註12〕嫦娥奔月，「最早見於《歸藏》，漢劉安《淮南子‧覽冥訓》和張衡《靈憲》中都有記載。」胡孚琛主編，《中華道教大辭典》，北京：中國社會科學版社，1995年，頁1589。

〔註13〕玉兔，玉兔搗藥，見漢‧樂府〈董逃行〉。相傳月中有玉兔持玉杵搗藥，服此藥可成仙。胡孚琛主編，《中華道教大辭典》，北京：中國社會科學版社，1995年，頁1588。此外，註55提過漢代畫像石中屢見玉兔在西王母旁搗藥之形像刻劃。

〔註14〕青女，指霜神，《淮南子》，「至秋三月，青女乃出，以降霜雪。」商務印書館編審部編，《辭源》，台北：商務印書館，1971年，頁1609。內丹學中，又可指人體部位——眼。胡孚琛主編，《中華道教大辭典》，北京：中國社會科學版社，1995年，頁1256。見，「青女傳言」一條。

〔註15〕上元，為上元天官誕辰，賜福之日，民間會張燈掛彩、舉辦娛樂活動。胡孚琛主編，《中華道教大辭典》，北京：中國社會科學版社，1995年，頁1527。

〔註16〕層遞定義，「是指在語文中，用三個或三個以上結構相似的短語、句子、段落表達在數量、程度、範圍等輕重高低大小本末先後的一定比例，依序層層遞升或遞降的一種修辭技巧。」蔡宗陽，《應用修辭學》，台北：萬卷樓，2014年，頁201。

〔註17〕明喻，為喻體、喻詞、喻依皆具備之譬喻。蔡宗陽，《應用修辭學》，台北：萬卷樓，2014年，頁23。

〔註18〕數量的誇示，語文中以誇張的方式敘述數量的多寡。蔡宗陽，《應用修辭學》，頁67。

二、詠物類

依詩題分類，詠物或與物相關者，共七十首，又可分動植物類十一首，物體類四首，建築相關者三十六首，與月相關者十九首。動植物類，除了〈雁〉、〈蟋蟀二首其二〉，與植物相關有〈白蓮詩〉、〈賞梅感興〉、〈五更解醒梅竹之間徘（俳）體〉、〈梅窗〉、〈梅花〉（頁137）、〈梅花〉（頁166）、〈折梅二首其一〉、〈梧窗二首其一〉、〈梅花醉夢〉和〈梧窗〉。由此可知與梅相關者占多數，例如七古〈賞梅感興〉共十二句，首句「千樹梅花明如月，一天月華皎如雪。」（頁55）以明喻言盛開的梅樹林，潔白如明月，千樹梅花為喻體，如為喻詞，月為喻依；以明喻言月光皎皎如白雪，月華為喻體，如為喻詞，雪為喻依。句五開始，「銀色世界生梅花，水晶宮中明月華。醉臥月華嚼梅蕊，滿身清影亂交加。」（頁55）用銀色、水晶宮，襯托梅花、明月雪白而明亮，醉倒在月光下，咀嚼著梅蕊，欣賞梅樹縱橫交錯的身影，不禁感慨「花月即是詩衣鉢」（頁55），花月之景能入詩、成詩。此七古寫出詩人賞梅之感，對景色亦多有著墨，盡顯愜意之情。七絕〈梧窗二首之一〉首二句，「夜半山風響翠梧，一窗皓月照琴書。」（頁187）此詩藉由窗外月景與梧桐營造悠然恬靜氣氛，呈現詩人心中自然寧靜之情。視覺上由外而內，先由梧桐被風吹動，「響」字使靜景轉為動景，接著以視覺摹寫刻畫室內被月華籠罩的琴和書。

物體類有〈琴〉、〈天窗〉、〈劍池〉和〈徐道士水墨屏四首其四〉，月意象皆為景色，襯托詩題所刻劃之物，多以物或景抒情。例如，七絕〈劍池〉，句二描繪池景，「池水清冷浸落花」（頁196），下二句由月景入情「幾度清風明月夜，悵然無語憶張華〔註19〕。」（頁196），先用視覺摹寫，刻劃詩人在清風明月的美好夜晚，望著劍池景色，接著昇華到心覺層次，憶起張華的典故，體現內心的寂寥與惆悵。

建築類共三十六首，建築種類有庵、軒、堂、亭、樓、寺、舍、齋、廟，多為道觀，亦有佛寺、涼亭、樓房等。以物或景寄情，闡發詩人內心感受，此類詩中月意象字詞有夜月、月華、冷月、月影等等，多為襯托之景。如，五律〈雲霄庵會宿〉：

〔註19〕張華（232～300），乃西晉文學家，著有《博物志》，曾任太子少傅等職，後被趙王倫、孫秀所殺。胡孚琛主編，《中華道教大辭典》，北京：中國社會科學版社，1995年，頁25。又，張華得龍泉、太阿雙劍，迨劍主亡，雙劍墜入水中化成二龍。

> 春自如情暖，夜何如話長。
> 酒釀成水淡，詩妙奪花香。
> 月出星轉鬧，雲行山似忙。
> 起來攜素手，擁被視農秧。（頁109）

首聯以明喻，譬喻春如人情暖，夜如話長，春、夜為喻體，如為喻詞，情暖、話長為喻依。頷聯以略喻寫薄酒如水淡、詩妙如花香，省略喻詞，酒釀、詩妙為喻體，水淡、花香為喻依。又以奪字，將詩擬人化。頸聯月、星、雲、山皆擬人化，寫時間流動，景色變化。末聯化用蘇軾〈洞仙歌〉中「起來攜素手」〔註20〕，而察看、觀賞稻田之舉，顯得詩人舒暢而自適。又如七絕〈漁舍〉，前二句以蓼花之紅豔如血、沙磧之盈白如雪寫景，後二句「前山後山寂無人，一犬夜吠松梢月。」（頁183）以高掛枝頭的月襯托寂靜、無人之寧靜感。

　　詩題與月相關者共十九首，為〈中秋月二首其二〉、〈風簫閣玩月四首〉、〈月夕書事〉、〈霜夕吟月二首〉、〈對月六首〉、〈中秋〉、〈中秋月〉、〈月窗寫悶〉、〈明月曲〉、〈月夜書事〉。有運用典故或神話者，亦有藉月抒情者。如七絕〈中秋月二首其二〉，「烏鵲一聲星斗落，姮娥梳洗去誰家？」（頁226）化用嫦娥奔月神話之人物，使詩中帶有生動活潑之感。而七絕〈月夕書事〉，「悲秋念遠夜將闌，黃葉乘風直斬關。微白一鉤天外月，淡青數點海邊山。」（頁219）此為藉景抒情之作，首句言夜深人靜時思念遠方故人，句二藉黃葉飛過城門，象徵詩人懷念之情隨風飛向所念之人。末二句中月、山為景，烘托詩人想念之情。又如，〈對月六首〉為七絕組詩，藉景抒情，道盡詩人對於詩的喜愛之情。其一點出時間為深秋，運用擬人寫蟹、橙，句三「月要人窺嬌不上，風知我醉放多吹。」（頁212）月、風為擬人，寫月亮低垂、清風醒人之景。其二以歌舞喧鬧對比「鴻歸燕去傷秋老」（頁212）之感觸。其三由寫景轉為飲酒、吹簫，鋪陳其四「坐待西風迎素月，青天笑我獨詩癡。」（頁212）之心境，而對詩如此癡迷，乃因其五「不須鬢上看勛名」（頁212）對於功名利祿早已看破，其六以寫景收攝，「山似愁眉烟畫翠，月如醉眼暈生紅。」（頁212）山、月為喻體，似、如為喻詞，愁眉、醉眼為喻依，明喻寫山、月似人的眉眼。末三首之最末句相互呼應，藉由月和酒透出詩情，表達詩人對詩的喜愛。

〔註20〕蘇軾，〈洞仙歌·冰肌玉骨〉，「起來攜素手，庭戶無聲，時見疏星渡河漢。」曾棗莊、吳洪澤編，《蘇辛詞選》，台北：三民書局，2014年，頁29。

三、抒感

　　抒感類共五十四首，有思念感懷之作十六首；有借樂府舊題創作之詩十八首；又有休閒排遣之作二十首，皆為詩人於生活中有感而發之作。

　　思念感懷類有〈歲晚書懷〉、〈相思〉、〈江子有懷二首其二〉、〈憶留紫元古意二首其二〉、〈紅岩感懷四首其一〉等等。例如，五古〈歲晚書懷〉共二十八句，首二句呼應詩題，點出時間為年末，此時天氣美好，但旅人卻滿懷傷感。此處使用映襯修辭，而句三開始，運用視覺摹寫，描繪詩人所見景色，並以景寄情，昇華至心覺層次，言己年華老去，故人已遠的惆悵與哀傷之情。二十三句，「野空青已曠，寒月滿我衣。」（頁04）寒形容月，亦言詩人心中寂寥落寞之情。最末句則以鶴唳淒啼聲作結。再如〈有懷聶尉五首〉其三、其四：

> 月濕松梢露，溪鳴竹裡風。
>
> 是中有詩味，何日一樽同？
>
> 不是無知己，相忘獨有君。
>
> 孤襟開皓月，往事付浮雲。（頁173）

此為五絕組詩，符合月意象定義者為三、四首。第三首中「濕」的觸覺摹寫襯托天氣濕潤，松樹仍帶著露水，接著，聽覺摹寫「鳴」寫溪流潺潺的水聲。以月、松、溪、竹之景憶故人，自然景色中藏著詩意，不知何時才能與故人一同飲酒賦詩，顯現詩人既期待又悵惘的心情。第四首句二用典《莊子・大宗師》〔註21〕，與前一句表示聶尉乃其重視之知己，期望彼此安好之心境。最末二句，用皓月、浮雲烘托曠達之感，呼應「相忘」。

　　樂府舊題者共十八首，〈妾薄命〉、〈明妃曲〉等等，為詩人抒情或言事言物之內容。其中〈妾薄命〉有兩首，另一首詩題為〈妾薄命（有感故先師而作）〉，皆為五古。〈妾薄命〉共二十四句，前四句交代詩中女子背景，擁有冰雪之姿卻待嫁中。句二「容貌亞冰雪」（頁03）運用略喻形容女子美貌，冰雪為喻依，容貌為喻體。句四「孤影對明月」（頁03）月襯托孤寂之感，下面幾句，以墮馬髻、凌波襪等詞彙描繪女子外貌。直至末六句，寫出女子見一郎君後的嬌羞卻苦於父母嚴厲，只能倚牆而悵然若失。其中「吾肉燔如湯」（頁03），用譬喻言女子羞紅之貌，「吾肉燔」為喻體，借代皮膚炙熱貌，「如」為喻詞，喻依為「湯」。〈妾薄命（有感故先師而作）〉，共二十六句，首句以景入情，寫天空、

〔註21〕相忘，「泉涸，魚相與處於陸，相呴以濕，相濡以沫，不如相忘於江湖。」晉・郭象，《莊子注》，台北：藝文印書館，2007年，頁138。

雲的廣大無邊，流水一去而不復返，形容世間變化之感嘆。接著寫詩人憶起舊事、故者，在夜裡輾轉無眠。直至「月明燕子樓，風清荷花館。」（頁28）用典關盼盼之事〔註22〕，對於師傅陳楠之逝去，道盡詩人心中物是人非之感。由上述二首可知，此類樂府舊題多為詩人寄情之作。

　　休閒排遣之作，〈聽猿〉、〈挹爽〉、〈得友人書〉、〈獨步〉、〈閒縱偶成〉、〈閒吟三首〉、〈聽琴三首其二〉、〈偶作二首〉、〈飲徹〉、〈武夷有感十首——曉〉、〈武夷有感十首——住〉、〈武夷有感十首——坐〉、〈話舊〉、〈聞子規〉、〈幽居雜興三首其三〉和〈夢中得五十六字〉，共二十首。由此類月意象詩可知，白玉蟾在住、行、坐等方面皆由月發感，以景寄情。例如，五絕〈獨步〉，「月淡黃茅路，烟明紅葉村。」（頁168）刻畫詩人獨自在黯淡月光下的黃茅小路漫步，紅葉襯托著炊煙裊裊的村莊，此景呈現詩人心懷愜意之情。五絕〈聽琴三首其二〉，末二句「夜來宮調罷，明月滿空山。」（頁175），描繪一曲結束，只有明月照映在空幽的山林，烘托餘音嬝嬝的琴聲，詩人心中既愉悅又讚賞。七絕〈聞子規〉「二十年前怯杜鵑，枕邊時把淚珠彈。如今老眼應無淚，一任聲聲到月殘。」（頁192）年輕時會因杜鵑啼叫而流淚，對比年華老去後的欲哭無淚，盡顯滄桑情懷。杜鵑化用望帝啼鵑，與月殘襯托此種傷感之情。

四、游歷詩

　　游歷詩乃於各地一游，或詩題中有地名之作，皆歸納於此類別，共三十六首。其中十九首與山相關，〈麻姑山（行）〉、〈常山道中〉、〈游山〉、〈倪敬父柯山〉、〈步自玉乳峰歸二首〉、〈山居〉、〈山齋夜坐二首〉、〈山居五首其二〉、〈山居五首其四〉、〈山居五首其五〉、〈華蓋山吟二首〉、〈山歌三首其一〉、〈山歌三首其三〉、〈山歌〉、〈山前散策〉和〈爛柯山〉。另十七首與永洲（今湖南省）、順昌（今福建省）、博羅縣（今廣東省）等地相關。

　　前者多以月作為烘托之景，例如，〈步自玉乳峰歸二首〉：

> 薄暮一凝佇，歸鴻千有餘。
>
> 倚松吟半晌，月影瀉庭除。
>
> 月映山頭禿，雲迷路口叉。

〔註22〕蘇軾〈永遇樂‧明月如霜〉，「燕子樓空，佳人何在，空鎖樓中燕。」曾棗莊、吳洪澤編，《蘇辛詞選》，台北：三民書局，2014年，頁29。

仰天方索句，一鶴立松丫。（頁167）

此為五絕組詩，為白玉蟾一貫樸質自然之作，寫自玉乳峰歸來時所見之景。其一前二句點出時間為傍晚，「千有餘」為誇飾，亦泛指數量多。其二前兩句亦為寫景，月光照映在無草無木的山頂，雲霧瀰漫在路口交叉處。二首之句三相互呼應，皆為詩人吟詩、作詩之際，下句各接月影灑滿庭院與鶴立松樹之貌，為自然之景，顯現詩人由萬物之中獲得作詩靈感。又有描繪中秋之作，〈山歌三首〉其一、其三：

中秋夜月白如銀，照見東西南北人。

古往今來人自老，月生月落幾番新。

人來人去唱歌行，只道燈明不月明。

月不如燈燈勝月，不消觀月但觀燈。（頁191）

此為七言絕句組詩，其一藉由月的升落，象徵〔註23〕長生，對比人皆會老之現象。首句以明喻表現月光如銀，月白為喻體，如為喻詞，銀為喻依，句二中東西南北人借代天下之人。其三以燈火明亮勝過月光照耀，表現中秋夜的熱鬧之景。句二以燈明映襯不月明，句三月不如燈頂針燈勝月。上述幾首詩呈現與山相關之詩中月意象，可不僅為景，更有所象徵。

與地相關者，有游於某地之作；於某地泛舟、晚眺、借宿等之作等。月意象多為景，例如，〈戴月游西林〉，「悄然無人聲，但有一林月。」（頁24）此句刻畫西林無聲之夜，唯有月相伴之曠達愜意。又，〈冬夜岩居二首其一〉「中酒梅花月夜，懷人松籟霜天。」（頁33）中酒、懷人為倒裝，還原後為酒中、人懷，酒中倒映著梅花與月，心中懷藏松樹被風吹動的聲響與漫天霜飛之景，盡顯詩人舒暢自適之情。七律〈舟行適興〉，「篙頭點水月破碎，雲腳行天星有無。」（頁134）此為頷聯，顯現行舟時所見之景，篙滑過水面，泛起漣漪模糊水中倒映的月亮，雲在天中漂浮，不時遮蔽星光。頭、腳為映襯修辭，並以視覺摹寫描繪景緻。此外，亦有以月思鄉之作，〈夏夜宿水館〉亦為七律，其中頷聯，「千里清風孤館夢，一輪明月故人心。」（頁135）夏夜宿於臨水的館舍，明月、清風寄託思鄉之情，與時節類中，五律〈秋夜〉，「清風千里夢，明月一聲砧。」（頁109）相似，皆有清風、思鄉之夢、與明月。

〔註23〕 象徵，語文中用聯想、社會的約定俗成，將抽象觀念或情感表達具體的意象，或用具體事物表達抽象觀念。蔡宗陽，《應用修辭學》，台北：萬卷樓，2014年，頁134。

　　綜上所述，此章分時節、詠物、抒感、游地，各自可再細分時間、季節、節慶，建築、動植物、物體、與月相關，思念感懷、樂府舊題、休閒排遣，游地、游山。其中，月多為景，或襯托自然景色；或烘托物而入詩；或為詠月之作；或以月寄情；或以月象有所象徵。可知月在詩人日常生活之中，占一席之地，而以月入詩。

第二節　題贈酬寄

　　舉凡題詩、和友人相互贈與、送別、唱酬、寄呈等交往之作，皆歸納在本節之中。根據附錄二，本節共一百二十二首，依詩題形式分為題詩三十八首，贈予三十六首，寄呈十九首，次韻七首，送別九首，聯句六首，同會五首，謁二首。其中有五十三首內容涉及煉丹修道，第三節再論之。本節分類如下表：

題贈酬寄	細分類別	小　計	合計 122 首
題詩	建築	15 首	38 首
	非建築	4 首	
	煉丹修道	19 首	
贈予	襯托宜人景致	9 首	36 首
	烘托絲竹琴聲	7 首	
	渲染感慨氣氛	3 首	
	煉丹修道	17 首	
寄呈	寄呈	9 首	19 首
	煉丹修道	10 首	
次韻	次韻	5 首	7 首
	煉丹修道	2 首	
送別	送別	7 首	9 首
	煉丹修道	2 首	
聯句	聯句	3 首	6 首
	煉丹修道	3 首	
同會			5 首
謁			2 首

　　題詩又可依詩題種類分建築、非建築和煉丹修道；贈予又可依月意象的作用分襯托宜人景致、烘托絲竹琴聲、渲染感慨氣氛和煉丹修道。其餘寄呈、次韻、送別和聯句，只與煉丹修道區隔，而同會與謁則未細分。由此可見白玉蟾與友人往來，除了吟詩作對，亦有傳道之舉。

一、題詩

　　題詩共三十八首，可分為三類，有題於壁、園、軒、閣、樓、齋、亭建築相關者十五首；非建築者四首；納入第三節煉丹修道者十九首。

　　題詩第一類，建築相關者中月意象字詞為桂月、月影、風月、月、金蟾蜍、明月、夜月、銀蟾等等其多表實體月亮所呈現的樣貌，或指樹影間的明月；或以清風明月形容好景色；或用桂月〔註24〕、蟾蜍〔註25〕借代修辭指稱月亮。由此可知此處月之作用多為襯托之景，豐富題詩內容，以抒發感受。例如，〈題丹晟（晨）書院壁〉：「春晝花明日暖，夏天柳暗風涼。秋桂月中藏影，冬梅雪裡飄香。」（頁33）此六言古詩用層遞修辭言春、夏、秋、冬之季節變化，再分別對應花、柳、桂、梅之物，又由觸覺、視覺、嗅覺摹寫言日暖、風涼、藏影、飄香。其中秋季以桂月代稱月亮，最後整體心覺層次可體會詩人當時心境豁達而透亮，描繪書院的四季風貌之餘，蘊含著詩人賞景時的喜悅與期待。又如，〈題潘察院竹園壁〉：「夜雨洗開千翡翠，春風撼碎萬琅玕。滿林鴉鵲臥明月，鐵笛一聲烟正寒。」（頁225）此七言絕句中「翡翠」、「琅玕」〔註26〕借代竹，首句描寫近景的竹林被夜雨洗滌後更顯翠綠，呼應詩題的竹園。接著句三畫面轉為遠景，明月為背景，以「臥」字生動描繪鴉鵲在林中伴月而眠的樣貌，最後聽覺、視覺摹寫帶出鐵笛響亮的音色與冉冉升空的寒烟。〈題淨明軒〉雖然也是寫景，但多了禪宗的意味：

〔註24〕《淮南子》曰：「月中有桂樹。」宋・李昉，《太平御覽・卷九五七・木部六》，北京：中華書局，1998年，頁4249。

〔註25〕張衡《靈憲》曰：「后羿請不世之藥於西王母，姮娥竊之以奔月。遂託身於月，是為蟾蜍。」宋・李昉，《太平御覽・卷九四九・蟲豸部六》，北京：中華書局，1998年，頁4211。

〔註26〕《〈白玉蟾全集〉校注本》言「琅玕」為「石而似玉」。宋・白玉蟾著、朱逸輝校注，《〈白玉蟾全集〉校注本》，海口：海南出版社，2004年，頁298。白居易，〈澗浦竹〉，「剖劈青琅玕，家家蓋牆屋。」則指翠竹。唐・白居易著、張元濟主編，《四部叢刊・白氏長慶集》卷三六，台北：商務印書館，2011年，頁490。

> 淨几明窗興味濃，老僧心下萬緣空。
>
> 黃鸝睡起搖開竹，白鶴飛來點破松。
>
> 些子溪山藏夜月，無邊花柳惱春風。
>
> 真如般若頭頭是，坐斷蒲團仔細窮。（頁 128）

由「萬緣空」表追求禪宗悟道的心境，句三開始言淨明軒外所見日常，黃鸝、竹、鶴、松，句五加入擬人言溪山、月夜、花柳、春風，透過人間景象，將內心沉澱、通透，消除與外在隔閡以覺悟，而最末句「仔細窮」再次強調悟的重要。為何生活與禪宗息息相關，鈴木大拙認為「禪宗有儀式、有舊習，有在長期歷史中累積起來的外在事物，然而它真實的核心是生活。」〔註27〕唯有參透本心，並以本心直視事物本質、看見真理，才能覺悟。可互見任元彬所言「禪宗所說的心是指本心，就是佛性……禪宗強調人間的『內心』的作用。」〔註28〕透過本心，才能悟禪。此外，「……宋代文人的詩歌創作同樣強調悟。因為只有悟，才能通達詩的理境和禪的意境。」〔註29〕受禪宗影響，以禪、悟入詩，使詩的意境與禪融合，更添層次。因此此詩，除了言淨明軒外的景色，並由景悟禪，將題詩與禪宗意境結合，讓詩的意境更上層樓。〈題棲風亭四首其一〉、〈題棲風亭四首其二〉、〈題棲風亭四首其四〉為七絕組詩：

> 亭前密綠玉成叢，風宿枝頭烟與空。
>
> 簫管一聲人未寢，滿林明月浸清風。（頁 206）
>
> 竹也多年管風月，風兮幾夜宿雲烟。
>
> 林間有客吹簫去，竹化成龍〔註30〕風入天。（頁 206）
>
> 聲傳琴瑟風生枕，影瀉琅玕月滿庭。
>
> 白風飛來枝外宿，夜深點破一林青。（頁 206）

第一首首聯寫亭前景色綠竹濃密成林，由「玉」代稱竹，呼應第二首景色「竹」，並化用費長房之典故，將景色扣合入道成仙。第四首直寫「琅玕」，亦代稱竹，

〔註27〕鈴木大拙，《禪學入門：世界禪學宗師鈴木大拙安定內心、自在生活的八堂課》，台北：時報文化，2020 年，頁 52。

〔註28〕任元彬，〈宋初詩歌與禪宗〉，《復旦學報》（社會科學版），2004 年，02 期，頁 128。

〔註29〕麻天祥，〈向來枉費推移力，今日水中自在行──宋詩中禪的理趣〉，《鄭州大學學報》（社會科學版），2005 年，04 期，頁 137。

〔註30〕費長房，漢代人，師從壺公，學得仙術，持壺公所贈竹杖離去，後棄之，竹杖則化成龍。

揭示其似「玉」的由來，第三首之句三「不知樓風來多少」，將「樓風」二字入詩，呼應詩題。至於月的作用，以明月、風月、月滿庭烘托樓風亭的竹景，除了視覺摹寫，再兼用聽覺摹寫，簫管、琴瑟之聲伴耳，儼然刻畫了樓風亭的宜人景致。

題詩第二類為非建築類，有四首〈題友人《月光詩集》〉、〈題天開圖畫〉、〈題劉心月（弔劉心月）〉、〈題歐陽氏山水後〉，其月意象字詞有月明、月、淡月，如，〈題歐陽氏山水後〉，此七古共有二十八句，以描繪山水風光為主軸，先由遠景的江邊絕壁寫起，漸近至扁舟、蘆荻，句五開始含有月景描述，「八九山家雲水村，白蘋紅蓼數漁船。沙寒石瘦木葉落，一鉤淡月照黃昏。」（頁61），淡筆寫村莊中寥寥幾戶人家，及岸邊生長著白蘋、紅蓼旁的數艘漁船。接著畫面一轉，寫枯瘦樹木，葉落蕭條的景象，和一鉤彎月在黃昏的天空中。此二句點出季節為秋，月則點出時間落在上弦之前或下弦之後的非滿月之日。而「千山萬山風色清，四柱茅亭立晚汀。花紅草綠山水靜，獨步亭前秋月明。」（頁61）寫庭前景色，有山有風；有花有草；有水有月，詩人則獨自步至庭前賞秋月，展現心中寧靜恬淡之情。最後一類可納入煉丹修道，共十九首，可參考附錄二，有〈題紫芝院〉、〈題天慶觀〉、〈題岳祠〉等等，雖然形式為題詩，但內容涉及煉丹修道，因此暫且不論。

二、贈予

參考附錄二，贈予類共三十六首，其中十七首內容涉及丹道術語，因此列入煉丹修道類。剩下的十九首詩中月意象字詞多為明月、月落、月、月正圓、風月、秋月等等，可依此分為三類，渲染感慨氣氛者；襯托宜人景致者；烘托絲竹琴聲者。渲染感慨氣氛者有〈舟行西湖贈諸友〉、〈贈郭承務蘆雁〉、〈有贈〉，此三首寫月時皆有所抒發，彰顯感慨之情，例如七古〈有贈〉：

> 我見千家鬧管弦，金瓶玉盞養春妍。
> 一朝花落空枝在，爨下焦枯亦可憐。
> 曾聞李白之詩否？以色事人幾長久。
> 斷蕊殘英尚未衰，月明人立黃昏柳。（頁37）

花借代女子，一、二句言花在管弦之聲伴耳環境下，以金、玉的上好器皿供養，對比三、四句花朵枯萎後成為燒飯的柴火，最後五、六句化用李白〈妾薄命〉，

「以色事他人，能得幾時好。」〔註31〕之勸告，最末二句則由殘花之貌、月明黃昏之景，表現不勝唏噓的感嘆。又〈贈郭承務蘆雁〉，其中「雲寒月淡西塞秋，幾聲淒切惹人愁。」（頁46）為描繪〈蘆雁圖〉中景象，雲月下雁飛啼叫栩栩如生，使觀畫者不禁感到惆悵，襯托畫工極佳，呼應後幾句中「世間豈無學畫者？未必有與君相似。」之讚美。

襯托宜人景致者有九首，〈臨安天慶陳道士游武夷（以頌）贈之〉、〈贈夏知觀〉、〈贈樗野〉、〈贈徐鐘頭〉、〈張子衍為至德鄔沖真求詩〉、〈栩庵以冰字韻求大風詩口占〉、〈奉酬臞庵李侍郎五首（並序）其二〉、〈奉酬臞庵李侍郎五首（並序）其四〉、〈友人陳櫄得楊補之三昧，賞之以詩〉。描寫湖光山色時，不免以月景烘托，顯露詩人怡然自得之心境，例如〈友人陳櫄得楊補之〔註32〕三昧〔註33〕，賞之以詩〉，此七言古詩共有四十句，前十六句中，凡單句皆用「梅花不……是……」之類疊〔註34〕與排比〔註35〕，寫水、雪、雨、煙、月等等烘托梅花，如「梅花不瘦是月瘦，月下徘徊孤影峭。」（頁52），月瘦、孤影的單薄形象，襯托梅清瘦卻出塵的樣貌。句十八至句三十六，凡雙句則用「……偏見梅花……筆下……」之類疊與排比刻劃美景以襯托梅花，例如，「水清偏見梅花骨，筆下一溪寒浸月……月瘦偏見梅花真，筆下蟾蜍弄早春。」（頁52）水的柔弱言梅花的風骨，月的虛幻言梅花的真，卻又不直接寫水、月的柔、幻，而清、瘦呼應前幾句「梅花不清是水清」、「梅花不瘦是月瘦」中的水清、月瘦。最末四句則用以收攝，「繁處不繁簡處簡，雪迷曉色月迷晚。更得依些香氣浮，陽春總在君筆頭。」（頁52）此詩不正寫梅，而用其他自然景象烘托，表現梅花的禪意。由於楊補之擅長描繪梅花，故詩人以詠梅詩贈與友人。

〔註31〕唐·李白著、張元濟主編，《四部叢刊·李太白詩文》卷三二，台北：商務印書館，2011年，頁105。

〔註32〕楊（揚）補之（1097～1169），名無咎，字補之，號逃禪老人，清江人，善於繪梅，劉克莊〈揚補之詞畫〉：「過江後稱揚補之，其墨梅擅天下，身後寸紙千金……」。趙帝，〈論道教思想對揚無咎《逃禪詞》的影響〉，《周口師範學院學報》，2013年，06期，頁10。

〔註33〕三昧，乃指「定」，透過正心、凝心，使心定而不動，便謂之「定」，又言「一切禪定，亦名定，亦名三昧」，可知由定而入禪，為修行之法。丁福保編，《佛學大辭典》，台北：佛陀教育基金會，2014年，頁312。

〔註34〕類疊，語文中反覆使用同一字詞和語句。蔡宗陽，《應用修辭學》，台北：萬卷樓，2014年，頁158。

〔註35〕排比，語文中，同範圍、性質之意象，以結構相似句法表達。蔡宗陽，《應用修辭學》，頁188。

烘托絲竹琴聲者有七首，〈贈琴客陸元章〉、〈贈趙琴士鳴弦（聽趙琴士鳴弦）〉、〈贈蓬壺丁高士琴〉、〈贈慵庵盧副官〉、〈藍琴士贈梅竹酬以詩〉、〈贈藍琴士三首其二〉、〈贈陳先生三首其三〉。此類詩為贈送琴士或友人，詩中多有刻畫琴聲與良宵美景之句，月色的烘托顯得風景如畫。例如，〈贈琴客陸元章〉此七古共有十句，前四句描寫琴聲渺渺，用典白雪陽春〔註36〕、高山流水〔註37〕，以稱讚陸元章琴藝高超，又暗示知音難尋、相知可貴。最末二句「起來搔手撫一闋，吟罷滿山秋月明。」（頁 64）呼應前句「輾轉無夢睡不成」（頁64），生動刻畫琴客夜半無眠，起身隨意撫琴吟唱之貌，一曲終了，「滿山秋月明」既為景，又襯托琴聲悠揚美妙，景、琴合一，展現琴道之禪意。陳進國〈古琴與修行──以宋代白玉蟾的詩文為例〉提到白玉蟾身為道士，亦重視修行琴道，為絕塵俗，琴中融入月亮等自然之景，體現「以天地萬物為一體」。〔註38〕因此白玉蟾以琴入詩，除了增加詩作題材，亦在詩中展現琴道精神。列入煉丹修道者，共十七首，此章暫且不論。

三、寄呈

寄呈類十九首中有十首內容涉及煉丹修道，剩下九首月意象字詞有月未落、月掛、月孤、三更月等等，此類詩作以月為景，由景入情，代入詩人當下心境，例如，〈梅花二首寄呈彭吏部其一〉，「惟三更月其知己，此一瓣香專為春。」（頁141）此七律用轉化言月為梅之知己，花香只為春天而瀰漫，描繪梅花的孤高，呼應最末句「只有竹如君子人」（頁141），以梅花的高潔與竹的剛直，讚揚彭吏部之為人。又如，〈寄泉州侍郎〉，此七律首聯、領聯言侍郎音訊難得，感慨萬千，尾聯「昨夜樂邱殘夢覺，窗前明月照鶉衣。」（頁143）表述由夢中轉醒，在窗前披著破衣憶故人之景，呈現詩人內心的惆悵之情。至於列入煉丹修道者共十首，有〈呈萬庵十章──歸山〉、〈呈萬庵十章──爐鼎〉等等，此章暫且不論。

〔註36〕白雪曲，「琴曲名。其說非一，謝希逸〈琴論〉曰：劉娟子善鼓琴，製陽春白雪曲。《琴集》曰：師曠所作。張華《博物志》云：白雪者，太常使素女鼓五十弦瑟曲名也。」商務印書館編審部編，《辭源》，台北：商務印書館，1971 年，頁 1038。

〔註37〕高山流水，出自《列子》，「伯牙鼓琴，志在登高山……志在流水。」商務印書館編審部編，《辭源》，頁 1669。

〔註38〕陳進國，〈古琴與修行──以宋代白玉蟾的詩文為例〉，《文化遺產》，2016 年，02 期，頁 55～57。

四、送別

送別類九首，其中二首列為煉丹修道，為〈古別離五首其一〉、〈飛仙吟送張道士、留紫元〉，其餘七首，有〈燕岩游罷與岩主話別〉、〈留別鶴林諸友〉等等，此類詩中月意象字詞有，姮娥、波心月、月滿湖、月、明月等，多有圓滿、圓月之意在詩句中，期待送別的友人能早日與詩人重逢。例如，七律〈別李仁甫〉尾聯「明朝拄杖〔註39〕知何處？猿叫千山月滿湖。」（頁135）明日早晨支撐著拐杖，心中懷念的友人又在哪裡呢？此時猿啼的淒切聲迴盪山中，湖面盛滿銀色的月光。運用示現〔註40〕，將未發生的明朝之事描繪的如同在眼前，並以數量的誇飾寫千山間迴盪著猿啼聲，月景之中帶著感慨之情，此二句展現詩人憶故人時，心境的惆悵萬千。又如，〈賦月同鶴林酌別奉似紫瓊友〉：

　　　　婀娜姮娥處玉宮，秋來梳洗越當空。

　　　　陰晴圓缺天何意，離合悲歡事與同。

　　　　好去畫樓歌舞地，莫（揭）來清館別愁中。

　　　　應知人不能如月，月且團圓月月（半月）逢。（頁138）〔註41〕

此七律首聯化用嫦娥奔月典故，將神話素材入詩，豐富月之意象，為帶出最後二句中所蘊含之離別落寞，無法常相逢之心情。頷聯用對仗寫月的陰晴圓缺型態變化，以及人間的離合悲歡，言人生無常，此處化用蘇軾〈水調歌頭・明月幾時有〉〔註42〕，與尾聯遙相呼應，道出詩人與徒弟彭耜，一同酌別張模〔註43〕時的不捨、無奈之情。

〔註39〕拄杖，為禪師表其佛門地位及遊歷時之工具。丁福保編，《佛學大辭典》，台北：佛陀教育基金會，2014年，頁1369。

〔註40〕示現定義，「寫者利用豐富的想像力，運用形象化的語言，將不在眼前，不在耳邊，不可捉摸的事情或景象，進行繪聲繪色的描述……」蔡宗陽，《應用修辭學》，台北：萬卷樓，2014年，頁112。

〔註41〕《白玉蟾詩集新編》蓋建民按：明代萬曆甲午《瓊館白真人集》，收錄於《藏外道書》，成都：巴蜀書社，1994年。簡稱甲本，莫作「揭」，月月作「半月」。（頁138）

〔註42〕蘇軾，〈水調歌頭・明月幾時有〉，「人有悲歡離合，月有陰晴圓缺，此事古難全。」曾棗莊、吳洪澤編，《蘇辛詞選》，台北：三民書局，2014年，頁20。

〔註43〕張模，「元朝饒州德興（今江西省）人。字君范，號紫瓊真人。」胡孚琛主編，《中華道教大辭典》，北京：中國社會科學版社，1995年，頁182。全真教道士，師從李玨，傳於趙友欽。曾金蘭，〈全真道南傳之時代考辨〉，《成大歷史學報》，2008年，34期，頁36。

五、聯句、次韻、同會、謁

聯句共六首,煉丹修道者三首,〈盱江舟中聯句〉、〈(與黃天谷)戲聯平字體〉、〈再用前韻〉,其餘有〈燈花聯句——王樵、張雲友、劉希谷三友預焉〉、〈(與黃天谷)戲聯回文體〉、〈夜船與盤雲聯句回文(順回俱平)〉。例如〈燈花聯句——王樵、張雲友、劉希谷三友預焉〉中一段:

> 根非滋夜雨,蕊不綻春風劉。
> 照破乾坤事,能攘日月功王。
> 焰凝中夜露,爐落五更鐘張。
> 蟾桂光無比,冰花巧不同白。(頁 236)

可知此聯句為一人二句同韻,由於為遊戲之作,為求用韻,較不成篇。除了王樵所寫之乾坤事、日月功〔註44〕,乃冶煉金丹、修道之法,其餘皆以景成詩,而白玉蟾此句中蟾桂〔註45〕指月亮,寫月光和細碎的冰所結成的冰花之美。

次韻共七首,列入煉丹修道者為〈次韻宋秀才〉、〈徐處士寫予真〉二首,其餘有〈次李侍郎見贈韻〉、〈大都督制侍方岩先生召彭白飲於州治之春野亭,因和蘇子美韻〉、〈栩庵同步偶成〉、〈次韻曾丈探梅〉、〈次玉簫臺韻〉共五首。次韻為和韻的一種,和他人之詩,依原韻順序用韻。〔註46〕其中月多為景,用以寄情,或化用嫦娥奔月中廣寒宮、蟾蜍,以和他人之詩。

最後,尚有同會類五首,〈丹邱同王茶干李縣尉高會〉、〈陪王仙卿登樓〉、〈同鄧孤舟、林片雪二友晚吟三首其三〉、〈與永興觀主梅〉、〈陪莊歲寒夜坐小酌〉,由於此類乃與友人一同賞梅、飲茶、登樓等,便歸納於同會。以及謁二首,〈謁鵝湖大義禪師〉、〈謁雩都靈濟大師〉。

綜上而言,題贈酬寄分為八類,題詩、贈予類、寄呈類、次韻、送別類、聯句、會面及謁。除了列入第三節者,題詩又依所題之物分建築與非建築類;贈予類又依月的作用分渲染感慨氣氛者、襯托宜人景致者、烘托絲竹琴聲者。

〔註44〕乾坤,可指汞、鉛。日月,指太陽、太陰之精,又稱日精月華;內丹中可指火侯、鼎爐、乾坤、離坎火水。胡孚琛主編,《中華道教大辭典》,北京:中國社會科學版社,1995年,頁1157、1193～1194。

〔註45〕蟾桂,「俗傳月中有蟾蜍,又相傳月中有桂,故界稱月為蟾桂。」宋·白玉蟾著、朱逸輝校注,《〈白玉蟾全集〉校注本》,海口:海南出版社,2004廷年,頁572。另見《酉陽雜俎·天咫》,「舊言月中有桂,有蟾蜍,故異書言,月桂高五百丈,下有一人,常斫之……」唐·段成式著、張元濟主編,《四部叢刊·酉陽雜俎》卷二四,台北:商務印書館,2011年,頁271。

〔註46〕商務印書館編審部編,《辭源》,台北:商務印書館,1971年,頁798。

由此可見白玉蟾對於詩的用途並非只拘泥於一項，而是依當下情景與對象而作詩，顯現出他善於交際應酬的一面。

第三節　煉丹修道

本節所歸納之詩作定義，與冶煉金丹、道法修行相關之詩旨或內容，皆可納入。據附錄二，此節共一百五十一首，依詩題可再分為修道情懷六十六首、福地寶坊四十三首、丹道思想四十二首。本節分類如下表：

煉丹修道	細分類別	小　計	合計 151 首
丹道思想	丹詩	8 首	42 首
	贈予	17 首	
	寄呈	10 首	
	送別	2 首	
	次韻	2 首	
	聯句	3 首	
修道情懷			66 首
福地寶坊			43 首

丹道思想又依詩的形式分丹詩、贈予、寄呈、送別、次韻和聯句，其餘兩類則為細分類別。本節多涉及道教典故或用語，亦有描繪仙境、仙人之詩作。

一、修道情懷

修道情懷一類共六十六首，有〈述古三首其一〉、〈西湖大醉走筆百韻〉、〈寒碧〉等等，於生活中有感而詠物、寄懷之作。例如〈述古三首其一〉，乃五古組詩中第一首，共十六句，首四句「黍大青混沌〔註47〕，此即萬化鞴。盤古不得窺，鑿之乎七竅。」（頁 10）以略喻，省略喻詞，僅剩喻體混沌，喻依黍，形容如黍子般大小的混沌，「萬化」出自《莊子·大宗師》〔註48〕，意指

〔註47〕混沌，如蛋型的神室，此器具如中胎，用於盛放丹藥。神室，指腎、心之間，為丹家煉丹之處。中胎，「又稱『中胎合子』。用於盛放藥物，以便起火合煉。」胡孚琛主編，《中華道教大辭典》，北京：中國社會科學版社，1995 年，頁 1350、1187、1349。

〔註48〕《莊子·大宗師》，「人之形者，萬化而未始有極也。」晉·郭象，《莊子注》，台北：藝文印書館，2007 年，頁 140。

各種變化。盤古為元始天尊〔註49〕來源之一，並用典混沌鑿七竅〔註50〕之事，以道教觀點刻劃天地之始。又如，〈純陽會〉此為五古，其中「洞賓弄巧翻成拙，蓬萊路上空明月。」（頁47）洞賓為呂洞賓，八仙之一〔註51〕，此詩為描寫詩人遇見神仙之事。末二句「有人要問飛升事，只看天邊日月輪。」（頁48）日月在內丹學中可指火侯、爐鼎，即指煉丹成仙之法，呼應前一句之飛升事。此外，亦有描繪仙境之景，如五古〈鶴林賞蓮〉，以賞蓮之景譬喻為仙境，首二句「玉洞生翠霧，瑤林映素霞。」（頁26），玉洞、瑤林形容賞蓮之景如同仙境一般。末二句「眾仙鸞鶴散，寂寂五雲家。」（頁26）描繪仙境中，眾仙各自駕鸞、鶴離去，五雲家因而寂靜無聲。

　　亦有在勸世詩、樂府舊題中融攝勸人修道、煉化金丹思想者。前者如，七古長詩〈必竟凭地歌〉，首二句「我生不信有神仙，亦不知有大羅天〔註52〕。」（頁97）對比末四句「吾之少年早留心，必不至此猶塵緣。且念八百與三千〔註53〕，雲鶴相將來翩翩。」（頁97）。為勸世人早日入道之勸世詩，融合佛教理念，累積三根功德與一念三千之心境。〈安分歌〉亦為七古長詩，首句以設問〔註54〕「神仙底事君知否？君若知兮求不苟。」（頁98）引出句二入道不可輕率之態度。末二句「依前守取三腳鐺，且把清風明月煮。」（頁98）三角鐺乃指有三個腳的爐鼎，明月指鉛，以煉丹過程作結。樂府舊題者，如七古〈將進酒〉，其中「姑射真人注寶雪，廣寒仙子行金波。」（頁63）化用姑射神人〔註55〕與嫦娥奔

〔註49〕元始天尊，道教最高之神，三清之首。又稱「玉清大帝」。全稱「玉清聖境虛無自然元始天尊」。始自晉，葛洪《枕中書》、《漢武帝內傳》之盤古真人自號元始天尊。胡孚琛主編，《中華道教大辭典》，北京：中國社會科學版社，1995年，頁1447。

〔註50〕《莊子・應帝王》，「南海之帝為儵……七日而渾沌死。」晉・郭象，《莊子注》，台北：藝文印書館，2007年，頁174～175。

〔註51〕呂洞賓，唐人，名喦，字洞賓，號純陽子，八仙之一。常作仙詩化度世人。胡孚琛主編，《中華道教大辭典》，北京：中國社會科學版社，1995年，頁1481。

〔註52〕大羅天，指三清天、三清境，為道教天神所居之地。胡孚琛主編，《中華道教大辭典》，北京：中國社會科學版社，1995年，頁1446。

〔註53〕八百功德，眼、鼻、身三根之功德數量，其餘三根為一千二百。一念三千，「天台宗之觀法，觀一念之心而具三千諸法也。」丁福保編，《佛學大辭典》，台北：佛陀教育基金會，2014年，頁128、2、23。

〔註54〕設問，語文中故意使用詢問語氣，試圖引起對方注意之修辭。蔡宗陽，《應用修辭學》，台北：萬卷樓，2014年，頁90。

〔註55〕《莊子・逍遙遊》，「藐姑射之山……吾以是狂而不信也。」晉・郭象，《莊子注》，台北：藝文印書館，2007年，頁22～23。

月，寶雪指白雪，靜定時眼前之亮光，或指煉丹材料粉霜，金波，指腎氣入腦所產生之津液〔註56〕。此為描繪仙人靜定修行或冶煉丹藥之貌。末四句「昔在甲辰堯嗣位，迄今嘉定之辛巳。其中三千六百年，幾度寒楓逐逝川？」以堯即位後至今過了三千六百年，對時間流逝之感慨作結。嘉定辛巳乃1221年，為詩人二十八歲之作。

二、福地寶坊

福地寶坊一類共四十三首，有描繪寺廟、道觀，亦有齋、軒等建築。如，七律〈羅適軒淨明軒〉，首、頷聯「占斷人生百歲閒，絳宮有路透元關〔註57〕。明如雪夜潭心月，靜似春天雨後山。」（頁131）占斷，指占卜以論吉凶。此四句透出對人生、內丹修煉之境界與訴求，運用明喻，形容此處既明且靜，明、靜為喻體，如、似為喻詞，雪夜潭心月、春天雨後山為喻依，形容軒中寧靜與清幽。〈洞虛堂〉為七絕，「青牛人去幾千年，此道分明在眼前。要識個中端的意，一堂風冷月嬋娟。」（頁215）用典老子騎青牛出函谷關之事，既言老子得道，又言此堂乃修煉之地亦可達道。末二句以月為景，以景悟道，富有禪意。〈希夷堂〉，為七言古詩，句五「青牛過關今幾年？」（頁39），用典老子騎青牛過函谷關之事〔註58〕，呼應詩題之「希夷」出處為老子所著內容，為形容道體〔註59〕。最末二句「昨夜琴心三疊後，一堂風冷月娟娟。」（頁39）以冷涼的風、柔美的月襯托昨夜修練道法後的心神愉悅。琴心三疊，為三丹田重疊，指上丹田——眉間、中丹田——心、下丹田——肚臍以下，用來修行精、氣、神之處〔註60〕。又如，〈游聖水寺二首〉，為詩人於今福建省雲遊之作：

〔註56〕 胡孚琛主編，《中華道教大辭典》，北京：中國社會科學版社，1995年，頁1210、1216。

〔註57〕 絳宮，指心房。見於「關元」，元關或指關元，內丹家指丹田處。又可指玄關，丹家之秘，玄關竅通，百竅皆通，但玄關是否具體存在，為歷來爭議。胡孚琛主編，《中華道教大辭典》，頁1178、1172、168。又，玄關乃見識本性靈明之境界。此詩句為丹家修煉內丹過程。

〔註58〕 見於「老子」。胡孚琛主編，《中華道教大辭典》，頁4。

〔註59〕 希夷，出自《老子·十四章》：「視之不見，名曰『夷』；聽之不聞，名曰『希』……」旨在描述道體。王雲五主編，陳鼓應註譯，《老子今註今譯及評介》，台北：台灣商務印書館，2014年，頁105～107。

〔註60〕 見於「琴心三疊、三丹田」，胡孚琛主編，《中華道教大辭典》，北京：中國社會科學版社，1995年，頁1263、1161。

騎鶴來游眾寶山，山中石室水光寒。

岩前峭壁松花落，午夜月明初煉丹。

山僧問我家何在，笑指浮雲帶日斜。

佩劍郎吟明月下，落花流水是生涯。（頁 338）

其一寫於石室煉丹時之景色，為詩人自然樸質之作，並以騎鶴、煉丹，象徵詩人意欲成仙之志。其二頗具禪意，回答自家在何方，笑指夕陽、浮雲所在之方向，卻不知何處，留白之餘，給予讀者想像。既暗示成仙之志，又言己雲遊各地。末兩句，配戴著劍，在明月下吟詠，道出如落花、流水般灑脫和不羈的人生經歷。

此外，有直接在詩題點名為題詩者，亦為題道觀、佛寺之作，不乏祠、壁等作，內容多為寫景抒情，融入道教典故，或描繪冶煉金丹和修道成仙之事。七古長詩〈題三清殿後壁〉，先寫武夷山全景並融攝典故，以景寄情，顯現詩人瀟灑不羈之情。其中句七、八「大槐宮中作螻蟻，醒來聞此心豁喜。」（頁 44）化用〈南柯太守傳〉，淳于棼夢醒槐安國，又遭友人驟逝之打擊，驚覺人生短暫，榮華富貴如浮雲從而入道〔註61〕，詩人藉此闡揚入道之志，下句接「芒鞋竹杖一彈指，三十六峰落眉尾。」（頁 44）化用蘇軾〈定風波〉〔註62〕，顯出詩人輕鬆、豁達的心境，將眼前武夷山美景盡收眼底。「夜來月影掛梧桐，莓苔滿地綠溶溶（容容）。丹崖高處藥爐空，洞前雲深千萬重。」（頁 44）月為景，視覺摹寫由高處的梧桐與月，轉寫低處的青苔。丹爐已空，雲層堆疊似將雨，千萬為數量的誇飾，呼應下二句「一夜瀟瀟江上雨」（頁 44）。又如，七律〈題迎仙堂〉：

昔日尋師到海涯，手中常袖一青蛇。

隨身風月長為伴，到處溪山總是家。

玉笋岩前曾結草，金華洞裡獨餐霞。

有人問我長生事，默默無言指落花。（頁 125）

首聯寫尋師之旅，袖裡常攜一寶劍，頷、頸聯道出雲遊四方的隨性恣意，清風明月、溪水青山常伴己，也曾於三十六洞天、七十二福地，搭起簡陋、粗糙的茅屋，清晨時修煉道法。玉笋岩借代七十二福地，金華洞借代三十六洞〔註63〕。

〔註61〕宋・李昉，《太平廣記》卷四七五，《文津閣四庫全書》卷一零五零，北京：商務印書館，2006 年，頁 634～638。

〔註62〕蘇軾，〈定風波・莫聽穿林打葉聲〉，「竹杖芒鞋輕勝馬，誰怕？一蓑煙雨任平生。」曾棗莊、吳洪澤編，《蘇辛詞選》，台北：三民書局，2014 年，頁 71。

〔註63〕胡孚琛主編，《中華道教大辭典》，北京：中國社會科學版社，1995 年，頁 1645、1644。

尾聯融合禪宗思想，一花一草即是禪，由禪悟道，於詩人所處儒、釋、道融會之年代相契合。

三、丹道思想

　　此類詩作共四十二首，又可分為丹詩八首、贈予十七首、寄呈十首、送別二首、次韻二首、聯句三首。詩作內容除了涉及修道，亦有描繪煉丹之事，如丹詩一類中，五古〈煉丹不成〉首二句，「八兩日月精，半斤雲霧屑。」（頁32）月為煉丹材料中的鉛，日為丹砂或汞，雲為雲母〔註64〕。句三開始，以鴻毛、秤鐵、雪、血為喻依，暗喻丹藥的輕、重、白、紅。〈三華院還丹詩〉為七律，「龜蛇抱一成丹藥，烏兔凝真結聖胎。夜半瀛洲寒月落，冷風吹鶴上蓬萊。」（頁159）龜蛇乃指玄武，為鉛，烏兔，乃指金烏玉兔，為心腎之真氣與內丹之火侯〔註65〕，聖胎則指金丹。描繪煉丹過程，並以景烘托仙境樣貌並蘊含丹道思想。

　　此外，亦有詩題為贈予、寄呈、送別、次韻、聯句之丹道思想之作，內容多為詩人以己身情感，蘊含煉丹和修道思想，傳遞予友人。贈予類，多贈高士、居士、法師等同道中人，亦有贈予寺廟、徒弟之作。〈贈陳高士琴歌〉為七古長詩，以襯托典故或神仙人物。如第十三句開始，「忽而轉調緩復急，海風吹起怒濤立。夜深星月墮蓬山，神官不管蛟龍泣。」（頁55）風浪之大襯托琴聲轉調，星月墮蓬山、神官與蛟龍之爭，以涉道思維烘托琴音激盪，又接「頓又換指清而和，牡丹芍藥香氣多。露橋月榭風雨夕，如此杜鵑愁奈何。」（頁55）以琴聲和諧之柔美對比前幾句的奔騰之聲，漸轉淒涼如杜鵑哀啼。以琴聲寄情，既寫平生之感慨，又寫天界璀璨之景，融會道教典故與神仙人物，如嫦娥奔月、水府、東華帝君、玉皇〔註66〕等。最末以「君琴定是天上琴，天上曲調

〔註64〕雲母，又名雲精、雲液、雲砂。日精，可指汞或丹砂。胡孚琛主編，《中華道教大辭典》，北京，中國社會科學版社，1995年，頁1387、1362。另，丹砂，異名日精、太陽、汞砂、朱雀、嬰兒等等。鉛精，異名太陰、鉛、玄武、虎、金公等等。雲母，異名雲起、雲英、雲沙、雲液等等。黃兆漢，《道藏丹藥異名索引》，台北：學生書局，1989年，頁50、222、385～386。胡孚琛主編，《中華道教大辭典》，北京：中國社會科學版社，1995年，頁1365。

〔註65〕胡孚琛主編，《中華道教大辭典》，北京：中國社會科學版社，1995年，頁1217。

〔註66〕水府，即東霞扶桑大帝、東王公、元陽父、水府扶桑大帝，住於碧海，掌管三河、四海等。東華帝君，即為東王父、東木公、木公，欲成仙需拜其與西王母。玉皇大帝，道教天神，四御之首，全稱「昊天金闕無上至尊自然妙有彌羅至真玉皇上帝」。胡孚琛主編，《中華道教大辭典》，北京：中國社會科學版社，1995年，頁1468、1051、1464。

人間音。為君醉中一狂歌，千岩萬壑白雲深。」（頁57）之稱讚，肯定陳高士的琴技與琴音。又如，七古〈久旱得雨，晚涼得月，奉似鶴林〉，共八句，其中三、四句「四方萬里共明月，五岳六輔生涼颸。」（頁 73），五岳，指額、鼻、兩顴、下頦。六輔，指額、兩頤骨、兩顴骨。此處以借指面頰，以觸覺摹寫描繪臉龐被微風輕拂之涼感。

呈寄類，為呈友人或道觀之作，描繪煉丹之事，月多為景，或以月景寄情，如〈呈萬庵十章〉此為七律組詩，由其一〈歸山〉、其二〈採藥〉、其三〈爐鼎〉之詩題，呈現煉丹過程。其中四首符合月意象定義，〈歸山〉首聯「生死輪迴第幾番，塵塵劫劫不曾閒。」（頁 157）言眾生和萬物，生生死死，於六道輪迴〔註67〕受諸苦。頸聯末句「心天明月掩雲關」（頁 157），心天為天心倒裝，指修煉中元氣運作之初時的生機〔註68〕，明月可代稱坤、陰，寫修道之事。尾聯末句，「且今隨和煉大還」（頁 157）對比首聯，煉大還丹，修行性命之道，以成仙跳脫輪迴之志。其三〈爐鼎〉頷聯「真空平等硃砂鼎，虛徹靈通偃月爐。」（頁 158）硃砂鼎、偃月爐為煉丹器具，以真空〔註69〕平等、虛徹靈通形容之。〈溫養〉，頷聯「拾得一輪天上月，煉成萬劫屋中珍。」（頁 158）明月借代煉丹材料鉛，屋中珍借代金丹，宇宙一成一毀謂萬劫，可指時間極長〔註70〕。拾得天上明月，歷經漫長時光，終煉成如珍寶的丹藥。

其餘尚有送別二首〈古別離五首其一〉、〈飛仙吟送張道士、留紫元〉，次韻二首〈次韻宋秀才〉、〈徐處士寫予真〉和聯句三首〈盱江舟中聯句〉、〈（與黃天谷）戲聯平字體〉、〈再用前韻〉，多為與友人往來之作，寄情之餘，融合涉道思想，顯現道人本色。

綜上而言，煉丹修道中又分修道情懷、福地寶坊、丹道思想。除了福地寶坊有明顯建築、聖地等之題材較好歸納，修道情懷與丹道思想，因白玉蟾身為道士，無論詩的功能為何，詩中或多或少具有煉丹和修道之意味。其所生長之

〔註67〕 輪迴，於天、阿修羅、人、畜生、惡鬼、地獄之六道，生死如車輪之轉，而無始終。丁福保編，《佛學大辭典》，台北：佛陀教育基金會，2014 年，頁2638。

〔註68〕 「陰陽相交之時……生機於此，兆始返本。此生機即是天心。」胡孚琛主編，《中華道教大辭典》，北京：中國社會科學版社，1995 年，頁1194。

〔註69〕 佛教認為真空乃非偽、離相。真空煉形，道教中為外身心、忘生死之修煉法。丁福保編，《佛學大辭典》，台北：佛陀教育基金會，2014 年，頁 1756。另胡孚琛主編，《中華道教大辭典》，頁 1261。

〔註70〕 胡孚琛主編，《中華道教大辭典》，北京：中國社會科學版社，1995 年，頁491。

年代背景，理學、禪宗興盛，受儒、釋思想影響，詩作融合三教內涵，使內容呈現多元面貌。

第四節　神仙贊頌

　　此節為神仙或聖賢人物相關之贊、頌、銘，共二十三首，又分贊十五首，頌一首，銘三首。贊頌，指對經文、神靈、法術、宮觀、聖地等之贊頌辭，為道教文學之獨特形式。神仙人物之贊，如〈頤庵喜神贊〉：

> 江月射雙眼，岩雲飛兩眉。
>
> 自是上饒一團和氣，點化自家方寸真機。
>
> 能筆落作泣鬼神之詩，能坐石下欄柯之棋。
>
> 千人萬人，瞻禮不已。
>
> 笑騎白鹿，獨步天墀。（頁270）

此贊寫頤庵之喜神，既烘托其貌，又贊揚其法力之妙。江月、岩雲皆為襯托喜神之貌，喜神即吉神，一日中會依各個時辰值於不同方位〔註71〕。點化原指煉丹家在冶煉丹藥時，使用丹餌以催化藥石而成丹。後可指仙真或道長對學道者指點教化，使之悟道〔註72〕。化用杜甫〈寄李十二白二十韻〉詩句，以及七十二福地之爛柯山典故，贊揚、烘托吉神。千、萬為虛詞，泛指多人對其瞻仰禮拜。最末兩句以祥瑞之獸——白鹿、宮殿台階——天墀，渲染吉神貴為神仙之姿。又如，〈許旌陽贊〉，前四句「曾傳諶姆〔註73〕煉丹訣，夜夜西山採明月。壺裡盛滿烏兔精，劍尖尚帶蛟龍血。」（頁260）明月為煉丹材料鉛，烏兔精為日月之精，即汞或丹砂和鉛，又因許遜，即許旌陽曾斬蛟龍治水，宏揚教法，為民除害，詩人以此典故入詩。本詩扣合詩題，描述道教神仙人物諶姆傳授許旌陽丹訣，及其煉丹採藥、斬蛟龍的經歷。聖賢人物之贊，有〈歷代天師贊〉，將天師道歷代天師的名諱與字列出，並對應其生平作贊。天師教由漢代張陵所創，南北朝時分為南北兩派，唐宋時期逐漸合流，元代後則歸於正一道。蓋建民〈白玉蟾道教金丹派南宗與天師道關係新探〉認為金丹派南宗與天師道關係密切，體現在南宗的內煉金丹，兼修雷法符籙，以及制度、科儀教規、人員往

〔註71〕胡孚琛主編，《中華道教大辭典》，北京：中國社會科學版社，1995年，頁760。

〔註72〕胡孚琛主編，《中華道教大辭典》，頁1357。

〔註73〕諶姆（母），三國吳人，姓諶，字嬰，又名嬰姆，曾授道法予許遜、吳猛。胡孚琛主編，《中華道教大辭典》，頁78。

來、傳承，皆沿襲早期天師道。〔註74〕由此可知白玉蟾作〈歷代天師贊〉之動機。其中月意象多為景，亦有蘊含涉道思想者，如〈歷代天師贊——第十六代諱應韶，字治風〉，末二句「又言辟穀歸山後，月夜時聞鐵笛聲。」（頁265）辟穀乃不食五穀雜糧，代以吸氣吐納之道法修煉。此處月為景，和鐵笛聲襯托成仙之路的孤獨。又如〈歷代天師贊——第二十六代諱嗣宗〉「月落半山丹井水，猿聲驚斷滿天星。」（頁266）丹井水指煉丹時取用的井水，月可借代煉丹材料鉛，又可指月亮倒映在井水水面上的樣貌。

銘有〈鶴林靖銘（並序）〉、〈慵庵銘〉、〈知宮王琳甫贊銘〉三首，其中〈鶴林靖銘（並序）〉並有序，序言白玉蟾弟子彭耜，弱冠之年時夢見自己到一洞宮，上有匾寫「鶴林」，此夢與張正一〔註75〕相關。後言彭耜修道有成，因此為「鶴林道靖」——彭耜在南宗的傳教場所作銘。其中「千岩萬壑，吐雲吞烟。朱霞媚水，素月流天。」（頁252）岩、壑間雲氣和煙霧升降之貌，以擬人寫其吐、吞。水借代河川，媚水猶言水的柔媚，以擬人寫之。朱色、素色的對比，將詩中描繪畫面顯得更為立體。此四句以景襯托鶴林靖所在之地之美。頌有〈玉真瑞世頌〉一首，宋代嘉定皇后有志煉丹，詩人逢此盛事而作，其中「金莖露飛，玉樹月淡。蒼苔丹墀，弘藥朱檻。」（頁256）金莖乃菊花雅稱，玉樹為仙樹，丹墀指朱色的平臺，代稱宮殿或廟宇，前二句寫仙境，後二句寫宮廷，以仙境之貌烘托宮廷之景。「金鼎凝霜，玉爐煅月。芝田黃芽，桂館白雪。」月、黃芽為鉛，霜指砒黃，雪可指井華水〔註76〕，皆為煉丹藥材，呼應詩旨冶煉金丹一事。

綜上觀之，神仙贊頌類，有對神仙、聖賢、事蹟所作之贊、頌、銘，為詩人生平見聞或有所感之作。月在其中可為景而有所襯托；可為煉丹藥材，或為其他涉道之意，豐富文學內容，增添借代修辭之運用。

〔註74〕蓋建民，〈白玉蟾道教金丹派南宗與天師道關係新探〉，《湖南大學學報》（社會科學版），2014年，04期，頁103～111。

〔註75〕張正一即為張道陵、張陵，創五斗米道、二十四靖治等，為道教創始人。胡孚琛主編，《中華道教大辭典》，北京：中國社會科學版社，1995年，頁75。

〔註76〕霜，為砒黃。井華水，又稱五水、露霜、雪雨。黃兆漢，《道藏丹藥異名索引》，台北：學生書局，1989年，頁217、143。

第四章　月意象的展現型態

自古以來，月亮高掛天上反射太陽光芒照拂世人，時圓時缺，時明時暗，引起詩人無限想像，因此以月入詩者眾多。而白玉蟾詩句中月亮的型態，或寄託詩人的情感；或賦予象徵；或暗示時令；或化用神話、道教典故。本章分為四節，將月的圓、缺、明、暗之型態，或為景、或為象徵者納入第一節空間結合；將月之象徵永恆者，或與季節、時間、日組構者，如秋月、夜月、日月等納入第二節時間變化；將嫦娥、姮娥、玉兔、銀蟾等涉及月亮神話者，納入第三節神話典故；將涉道之詞彙，或襯托仙境之景者，如偃月爐、月團、盧阜月等納入第四節涉道展現。本章可參考附錄三之統計表。

第一節　空間結合

此類詩作共二百二十一首，依月意象與空間結合狀況，分為四類，可見本節分類之統計表，如下：

空間結合	合計 221 首
明圓	95 首
缺暗孤冷	37 首
月之位置	28 首
與自然景物組構	61 首

本節分為明圓、缺暗孤冷、月之位置、與自然景物組構，共四類，前二類為月亮所展現之亮、暗、圓、缺等等之型態。月之位置，透露月所處之空間位

置，月意象相關字詞如月下、對月、梢月、月掛、月斜、月邊等等。與自然景物組構，此類月多和自然之物之字詞組構或對仗，如風月、雲月、山月、水月、潭月等等，形成自然景色中的空間樣貌，突顯作者受禪宗影響，在生活中深刻體驗所見所感，並將其入詩，呈現月意象與自然景物組構之空間型態詩作。

　　至於此章之詩所透露心境，多為舒適暢快之情，呈現月的圓滿、明亮，並和山水自然、花鳥走獸相組構，亦有感念故友或思戀故鄉之情。缺暗孤冷多表哀傷懷古之情，仍有心境恬淡之作，但數量不多。

一、明圓

　　寫月明圓者有九十五首，月相關字詞包含明月、圓月、月華、銀月、碧月、皓月、素月、月影、澹月和月光等等，多以月象徵圓滿、明亮之意，但不乏借月思人或有所感懷之情。月可襯托風景，或藉月蘊含寓意。前者如，七絕〈憶西湖〉，「銀月窺人夜漏沉，斷蒲疏柳忽關心。西風為報西湖道，留取芙蓉供醉吟。」（頁 203）描繪秋天夜晚時的蒲柳，勾起詩人懷念春、夏時的西湖美景。先以擬人寫銀月，點出夜景，「沉」字刻畫水漏滴水以計時的樣貌，暗示夜已深。乍見斷蒲疏柳之貌，留心後憶起西湖岸邊蒲柳茂盛，枝條隨風擺盪的美景。句三西湖呼應詩題，點出詩旨，西風暗示季節為秋，末句以西湖夏季時綻放的芙蓉之美，可供詩人飲酒賦詩作結。再如，七律〈玉壺睡起〉：

　　　　白雲深處學陳摶，一枕清風天地寬。
　　　　月色似催人起早，泉聲不放客眠安。
　　　　甫能蝴蝶登天去，又被杜鵑驚夢殘。
　　　　開眼半窗紅日爛，直疑道士夜燒丹。（頁 142）

此為描繪煉丹修道之作，時間軸由夜晚層遞至日出。首聯寫詩人如陳摶〔註 1〕行事不羈，枕於清風，眠於天地之間，頷聯承接上句，寫月光明亮如催人早起，泉聲冷冷擾人安眠，運用擬人修辭，寫月與泉。頸聯化用莊周夢蝶、望帝啼鵑。尾聯寫詩人清醒睜眼之時，半窗外頭紅日燦爛，像是有道士在半夜時煉丹，既寫日出之景，又以道士煉丹呼應陳摶。

　　藉月蘊含寓意者，如〈題友人《月光詩集》〉：

〔註 1〕陳摶（？～989），五代宋初道士、書法家。字圖南，字號扶搖子，賜號希夷先生，又稱真源人。隱於華山雲台觀，吸取儒、釋、道思想，創一內丹理論，為內丹派形成基礎。胡孚琛主編，《中華道教大辭典》，北京：中國社會科學版社，1995 年，頁 112、1625。

> 海底有明月，圓於明月輪。
>
> 得之一寸光，可買萬古春。
>
> 石上栽花者，火中撈雪人。
>
> 步行騎水牛，乃之無價珍。（頁 22）

此為五古，全詩以明月借代友人詩集，並稱讚其詩獨一無二、一字千金。首句明月呼應詩題之月光，明月借代友人詩集，用明月圓滿、豐盛的型態，襯托詩集之絕倫，三、四句中的「一」和「萬」為對比，句四以時間的誇飾言萬古春，五、六句用對比言堅硬的石、柔軟的花，炙熱的火、寒冷的雪，塑造難得之景。句七「步行騎水牛」，化用善慧大士〔註2〕所寫偈詩，「空手把鋤頭，步行騎水牛。」〔註3〕，看似矛盾，卻富有禪意，鈴木大拙認為「若是內心與外境的對立能消失、忘卻，那就能超越理性的限制，切斷與知識的連結。」〔註4〕因此，步行與騎水牛，其實具有真空、返本復初的寓意。佛學裡真為非偽，空為離相；老子的返本復初為相反現象卻能相輔相成，相互轉化，進而表達萬物返回其根本之思想〔註5〕。以上三句皆呼應最末句之無價珍，烘托友人詩集乃稀世珍寶。

再如七律〈題天慶觀〉：

> 買得螺江一葉舟，功名如蠟阿休休。
>
> 我無曳尾乞憐態，早作灰心不仕謀。
>
> 已學漆園耕白兆，甘為關令候青牛。
>
> 刀圭底事憑誰會，明月清風為點頭。（頁 162）〔註6〕

此詩道出詩人對功名利祿無欲無求，只願歸隱山田、求道成仙。首聯以買舟對比功名，表達一心嚮往自然。頷聯言己不出仕之心，可由詩人十歲時應童子科，

〔註2〕博大士，名翕，字玄風，南齊人，為有髮道士而名博大士，亦自稱善慧大士。丁福保編，《佛學大辭典》，台北：佛陀教育基金會，2014 年，頁 2228。

〔註3〕宋·普濟，《五燈會元·青原下十四世·淨慈慧暉禪師》下冊，台北：文津出版社，1991 年，頁 915。

〔註4〕鈴木大拙，《禪學入門：世界禪學宗師鈴木大拙安定內心、自在生活的八堂課》，台北：時報文化，頁 55。

〔註5〕王雲五主編，陳鼓應註譯，《老子今註今譯及評介》，台北：台灣商務印書館，2014 年，頁 08〜10。

〔註6〕〈題天慶觀〉與詹石窗《南宋金元道教文學研究》，引《歷世真仙體道通鑒》白玉蟾弟子彭耜所作之詩重出。詹石窗，《南宋金元道教文學研究》，上海：上海文化出版社，2001 年，頁 69。〈題天慶觀〉亦收錄於《白玉蟾全集》。宋·白玉蟾著、蕭天石主編，《白玉蟾全集》上冊，台北：自由出版社，2019 年，頁 750。

賦七絕〈織機〉，遭考官評為狂妄一事而證。頸聯化用各個典故，寫願如莊子歸隱；如李白於白兆山幽居；又甘願如關令尹喜等候老子騎青牛出關。尾聯相互呼應，刀圭為藥材之量器詞，借代煉丹修仙，轉化寫月、風點頭，既蘊含禪理，又彰顯向道之心。又如七古長詩，〈贈趙琴士鳴弦（聽趙琴士鳴弦）〉，前四句寫景，第五、六句「煉師兩鬢東風黑，紺天不留月光白。」（頁83）描繪道士，亦泛指自己兩鬢被東風吹亂，紅黑色的天空中月華瑩白，後承接趙琴士撫琴之貌，琴音之響亮──「膝頭指弄響鈴鈴」（頁83），舒暢──「初如雨滴芭蕉夜」（頁83），惆悵──「久坐梧桐猿嘯罷」（頁83）等等。直至「彈盡天涯夕陽影，又向山中彈月明。」（頁83）既言彈琴之久，又言琴音之美，由夕陽層遞至月明的時間流動，日月之對比襯托琴聲悠揚寧和。

由月引發的惆悵情懷，例如，七絕〈早秋〉，「雲來雲去狀秋陰，細雨籠晴夕照沉。半夜月明千籟靜，一聲猿叫萬山深。」（頁188）此詩描繪入秋時節，由日暮至夜晚的自然景物，寄託詩人淒然之情。由空中視角寫秋季中雲朵飄動之貌，轉為低處地平線，夕陽西下時的細雨綿綿。入夜後的明月，潔白透亮的月景結合哀愁的猿啼，有聲烘托無聲，突顯月夜的萬籟俱寂，及山裡的幽靜深遠。再如五古〈明月曲〉：

> 月色一何明，不堪顧孤影。
>
> 倚樓暮風寒，舉手挈衣領。
>
> 行雲若相憐，徘徊西風頂。
>
> 強飲不成醉，幽情默自省。
>
> 莫道負明月，明月亦應知。
>
> 只知今夜我，不覺瓊樓時。
>
> 我記在瓊樓，醉弄珊瑚枝。
>
> 枝頭明月好，何曾解相惱。
>
> 今夜涕泛瀾，只恐朱顏老。（頁12）

此詩描繪詩人倚樓賞景時之心境活動，藉景抒情，感嘆年華老去。詩題雖為明月，但句二即以孤影顯出寂寥之情，句三點出時間為傍晚，背景為高樓椅欄時。後以擬人言雲、風流動貌，由視摹轉為心覺層次的「幽情默自省」，自省之因乃上句之「強飲」。「莫道負明月」二句將月擬人，「明月，明月」為頂真，寄情於月。更以瓊樓形容此樓，瓊樓乃指月中宮殿，可引申為華美的宮殿。最末以「惱」呼應「只恐朱顏老」之惆悵傷感。全詩中月之空間感，以

明表示，兼以「枝頭明月」暗示明月之高，其中卻蘊含淒哀悵惋之情。而五古〈明妃曲〉，「所憐毛延壽，既殺不可諫。馬蹄蹴胡塵，曉月光燦燦。悽愴成琵琶，千古庶自見。」（頁 05）用典《西京雜記·畫工棄市》中王昭君出塞，寫畫工毛延壽從中作梗，導致王昭君遠嫁匈奴。詩中月光燦燦，琵琶聲悽愴，烘托王昭君臨行時心繫漢朝的壯烈。由此窺見詩人對此典故所蘊含情懷，並未多加抨擊毛延壽。又，七古〈杜鵑行〉，「啼盡天涯夕陽影，又向空中啼月明。」（頁 51）杜鵑啼明月，化用望帝啼鵑，以杜鵑哀鳴聲襯托雖為月明卻盡顯悲愴淒涼之感。

此外，亦有思鄉之作，〈夏夜宿水館〉和〈秋夜〉，白玉蟾此類詩作甚少，乃因其母他適，幼時由海南遷至雷州，後因科舉不第，從陳楠入道，游於武夷、龍虎、天台等地，由於詩人居所之不固定，對於故鄉之情則顯薄弱，因此，七律〈夏夜宿水館〉頷聯「千里清風孤館夢，一輪明月故人心。」（頁 135）、五律〈秋夜〉頷聯「清風千里夢，明月一聲砧。」（頁 109）「孤館」即旅店，「砧」即砧衣，和「千里夢」皆象徵懷鄉之情，月之明亮，既象徵希望，而「一輪」又象徵團圓，二者恰好未提及故鄉地名，顯現無論是海南或雷州，在詩人心中或許無足輕重。至於月為何與思鄉連結，肖體仁認為，遊子與月皆形單影隻，不免移情於物，憐惜月亮，或與月互相憐惜。〔註7〕

二、缺暗孤冷

缺暗孤冷，共三十七首，月之型態多為暗缺，如月暗、月淡、月黑、月如鉤等等；或以月冷、孤影、啼聲等襯托淒切之情。如七古〈梧州江上夜行〉：

> 雲來雲去幾點星，城頭畫鼓轉三更。
> 草身螢聚渾成燐，月暗鶴飛惟有聲。
> 何處夜航鳴櫓過，滄江如鏡烟半破。
> 忽然長嘯驚沙鷗，飛入前山不留個。（頁 37）

此為詩人於江上夜行而感之作，每聯皆用聽覺摹寫，使景象栩栩如生。前兩聯分別寫遠景、近景、近景、遠景，除了視覺摹寫，兼之畫鼓、鶴啼之聽覺。頷聯以螢之微弱光點、燐之青色火光、月之黯淡無光、鶴之淒鳴聲，襯托孤寂惆悵之感。頸聯中，滄江如鏡之明喻，滄江為喻體，如為喻詞，鏡為喻依，並以

〔註7〕肖體仁，〈古代遊子詩人與月亮〉，《四川教育學院學報》，1994 年，02 期，頁22。

滄江之平滑如鏡對比煙霧裊裊破碎之貌。末二聯，用搖櫓、詩人長嘯之聽摹，滄江、煙霧、沙鷗飛入前山之視摹，營造孤寂之感。

亦有借月感懷古意者例如，七律〈怡齋〉之冷月：

逸士幽居松竹林，小堂偃枕北山陰。

夜深冷月寒蓬戶，曉起清風爽楮衾。

把劍更飡（餐）杯面酒，收書動破篆（壁）頭琴。

自從一見羲皇面，千古誰知養浩心？（頁 117）

首聯說明怡齋用途及環境，乃隱逸之士幽居之地，四周種滿松竹，整間堂屋臥靠在北山面陰處。頷聯寫居住在怡齋的感受，深夜時分月亮寒光映照在破舊的門戶，冷月為襯托夜下蓬戶寂寥之感，呼應下句，破曉時分清朗的風吹拂如紙薄的棉被，道出居陋室仍怡然自得的心態。頸聯承接上聯，寫舞劍飲酒，攏書彈琴。尾聯感懷伏羲以後，知道養浩之心者少之又少。伏羲乃上古帝王，道教尊為神祇。

亦有挽詩和思念友人之作，如〈甲申閏月五日聞嘉定皇帝升遐（挽歌）〉，「一鈎桂月千林黯，半夜松風萬壑哀。」（頁 119）用視摹寫鈎月、千林黯烘托月缺時樹林間的黯淡無光，擬人寫風由松林吹進山谷，發出哀鳴，皆為營造哀挽之情。再如五律〈十月十四夜〉，末二聯「月透詩情冷，風吹醉面涼。故人知得否？空斷早梅腸。」（頁 110）除了應用視覺、觸覺摹寫，心覺層次以月帶出「冷」，呼應末句「斷腸」。月為景，融攝詩人心中情感，藉月抒發思念故人之情。又如，七律〈席上偶成呈主簿兄〉末聯，「春城烟鎖南臺暮，兩地襟情片月孤。」（頁 124）上句寫景，春天的都城，炊煙籠罩南臺的暮色，下句寫情，與友人分隔兩地，孤襯托弦月，為表心中思友之情。

此外，雖有運用孤月、鈎月等字詞之月意象詩，但多為描寫月夜時的寧靜恬淡之情。例如，七律〈悠然堂〉：

一池寒碧浸紅鱗，芍藥方花春後春。

烟閣曉垂天幕靜，風簾夜上月鈎新。

閒雲流水無窮意，絳闕清都被謫身。

不向悠然堂上飲，篇詩斗酒付何人？（頁 126）

此詩詠悠然堂景色之美，並化用李白典故，增添詩的層次。首聯寫池中紅魚優游，以鱗借代魚，後寫花卉之美。頷聯由描寫傍晚煙霧裊裊暮色低垂之景，過度到夜晚清風徐徐新月如鈎。頸聯、尾聯中謫身、篇詩斗酒，化用賀知章稱讚

李白為謫仙之典故〔註8〕，及杜甫〈飲中八仙歌〉，「李白斗酒詩百篇」〔註9〕之詩句，襯托並呼應詩題悠然堂。其中一首，〈陳綠雲先生像贊〉，以片月形容陳綠雲之神，「瞻師之神，寒空片月。」（頁269）由此可知，月的缺暗之型態若用以表述寧靜祥和之感，或具有正面之意象，則數量不多。

三、月之位置

此類詩句之月意象顯露月之空間位置，有月下、對月、月高、酌月、月掛、月邊、月斜等等，共二十八首。例如七律〈陪王仙卿登樓〉：

> 身在烟霞縹紗間，此心已學白雲閒。
>
> 遣懷把酒自酌月，無事捲簾常看山。
>
> 老去棋冤休死戰，年來詩債逐時還。
>
> 於今養鶴多栽竹，縛住時光且駐顏。（頁130）

首聯寫出身處高樓所見景色，除了視覺摹寫之外，提升至心覺層次，心如白雲般悠閒。頷聯承接首聯，呈現對月飲酒之空間感，及捲簾觀山的悠閒情懷。頸聯以詼諧手法寫多年來與友人拚搏棋藝、尚欠詩債的趣味光景。尾聯藉由鶴、竹象徵長生，與末句相互呼應。此詩描繪與王仙卿登樓所見之景，由景入情，憶起彼此多年相處之貌，並道出對修仙的期許。又如〈幽居雜興三首其三〉，「月來佐酒如隨牒，花自從詩各寄名。盡把烟霞歸節制，閒中排日聽泉聲。」（頁217）為七言絕句，前二句寫飲酒賞月、以花入詩的清幽之舉，運用譬喻修辭，首句為明喻，月來佐酒為喻體，如為喻詞，隨牒為喻依，後者為略喻，花自從詩為喻體，省略喻詞，寄名為喻依。其中隨牒原指任官之書狀，寄名原指將孩子養於僧、道人家，以求平安長命之習俗，此處將月、酒、花、詩擬人化。末二句寫煙霞之景和整日聽泉聲泠泠的悠閒。全詩寫出幽居之時賞景、賦詩、聽泉聲之雅興。

又如〈護國寺秋吟八首其五〉此為五絕組詩，「竹手擎雲重，松肩荷月高。煙收天地闊，醉目數秋毫。」（頁177）此為詩人游於護國寺有感而作。前二句描繪竹子伸手托起厚重雲層；松樹肩上荷著月亮，高高背起，皆運用擬人。後二句寫煙霧漸小，詩人酒醉眼迷離，卻數著秋毫，彰顯詩人富有趣味的一面。

〔註8〕「李白字太白……往見賀知章，知章見其文，嘆曰：『子，謫仙人也！』」楊家駱編，《新唐書》下冊，台北：鼎文書局，1979年，頁1559。

〔註9〕唐・杜甫著、張元濟主編，《四部叢刊・杜工部詩》卷三二，台北：商務印書館，2011年，頁580。

其中松樹高聳，背負月亮之貌，襯托月亮高掛天空，並刻畫松與月之相對位置，營造詩中自然景象。

四、與自然景物組構

　　此類之月意象多和雲、煙、風、水、花組構或對仗，共六十一首。而月意象多與風組構或對仗者，如五律〈感物〉，首聯「月生看柳瘻，風起笑花癇。」（頁 112）由擬人之月看、風起、花癇，寫月照映柳樹上凸起的木瘤，風吹拂笑花使其顫動。月之空間結合，以「看」貫通月、柳之間的位置，與前述「篩」，為異曲同工之妙。再如五律〈博羅縣驛〉：

> 虎嘯月生海，猿啼風撼山。
> 夢回三鼓盡，身自九天還。
> 雲氣浮窗外，泉聲入枕間。
> 問心宜富貴，為復要清閒。（頁 110）

此詩由景入情，表達詩人不問富貴，欲優遊自在的心態。首聯將風、月擬人，運用視覺摹寫描繪月亮倒映在海面、山中狂風吹襲之貌，兼以虎嘯、猿啼之聽覺摹寫。頷聯刻畫詩人三更時，由夢中之仙境醒來。最末兩連相呼應，尾聯雖然以設問言富貴或清閒擇一，但是頸聯中悠閒自適的心境已給出答案。

　　又有和雲對仗者，例如五絕〈閒縱偶成〉，「已具看雲眼，而生伴月心。西風相體認，紅進綠楓林。」（頁 168）便是以雲、月、風入詩者，而月和雲對仗。此為詩人閒暇縱步時偶成之作，顯現詩人一貫恬淡樸質之風格，描繪心覺層次中所看、所感的自然景物，具有禪意。末句中「紅」生動的刻畫季節漸變，楓葉變紅之貌，顯得栩栩如生。

　　與花組構者如六絕〈秋熟〉，「槐窗過兩頃雨，竹榻無一張涼。風揭蓮花白起，月篩桂子黃香。」（頁 181）此詩描摹秋意漸濃時的詩人生活。前二句槐窗、竹榻寫出自然愜意之感，涼字之觸覺摹寫，增添詩的面貌。後二句以擬人之風揭、月篩，寫風吹起白蓮，月光穿透黃桂之貌，除了視覺摹寫，營造具體空間感，尚有嗅覺摹寫言桂子之香。全詩細膩道出生活中的細微體驗，月與桂的空間位置以「篩」貫之，精妙之餘，亦使月生動靈活。又如七律〈春日即事〉，頷聯「微雨績天烟織雪，寒風簸水月篩梅。」（頁 150）細雨紡織成天，煙霧編織成雪，寒風顫動水面，月光灑落梅花。寫春天美景之餘，月和梅的相對位置亦由「篩」連結。

與山組構者如七律〈題鼓山超凡閣〉：

輸與黃龍第一籌，於今不到洞賓羞。

九重城裡聖箭子，三百年來糞掃輿。

山月扶疏龕石冷，天風浩蕩海槎浮。

我來會得謙公意，豎起拳頭向趙州。（頁 338）

此詩運用道、佛教典故，為詩人游於福州鼓山時，題於超凡閣之作。首聯化用〈呂純陽飛劍斬黃龍〉〔註 10〕，頷聯則化用〈鼓山聖箭〉，「一只聖箭直射九重城裡去也。」〔註 11〕九重城指艱險之地，聖箭指優秀之人，為雪峰禪師表示信任其弟子之公案〔註 12〕，下句接糞掃〔註 13〕，皆為佛教典故，為呼應詩題之鼓山超凡閣。頸聯寫由遠景之山月、天風，轉為近景之石龕、海槎，並以「冷」描繪石龕被月光籠罩的冷色，觸覺移覺為視覺，增添月的空間感。尾聯化用〈州勘庵主〉公案，趙州分別對兩位庵主問：「有麼？有麼？」意在試探是否人在、是否悟禪、是否有佛法等等，第一位只豎起拳頭，第二位先請安而後豎起拳頭，後者之舉較被趙州認可。〔註 14〕後者透過豎拳回答趙州之問，既避免以語言之限制，回答無限之答案，又展現出自在隨緣之佛性，具有禪意，詩人用此典故襯托超凡閣乃佛教建築。

與水組構者如，五言排律〈贈鶴林〉，「骨氣秋江月，文章春苑花。」（頁 163）秋江與月組構，形容弟子彭耜的骨氣，下句則以春天盛開的花園形容其文章，為讚譽之作。此為略喻，省略喻詞，僅剩喻體骨氣、文章，喻依秋江月、春苑花。

綜觀上述，為白玉蟾雲遊四方，進行修行途中之作，將所見自然山水、風月、林木、詩酒等等結合月意象入詩，然而人生並非只有光明美好的一面，月的暗、淡、缺、冷，吐露詩人傷感唏噓的心境。其中蘊含情懷各異，有月之明

〔註 10〕佛光大藏經編修委員會主編，《佛光大藏經‧禪藏‧史傳部‧嘉泰普燈錄‧應化聖賢‧呂巖真人》卷二四，高雄：佛光出版社，1994 年，頁 909～911。

〔註 11〕宋‧普濟，《五燈會元‧青原下六世‧太原浮上座》中冊，台北：文津出版社，1991 年，頁 434。

〔註 12〕公案，為禪家應佛祖所化機緣，而提起禪宗祖師開悟故事或其言行舉止。丁福保編，《佛學大辭典》，台北：佛陀教育基金會，2014 年，頁 723。

〔註 13〕指糞掃衣，又稱納衣，為火燒、牛嚼、鼠嚙等破敗衣物，比丘著此可遠離貪著。丁福保編，《佛學大辭典》，頁 2737。

〔註 14〕大藏經刊行會編，《大正新修大藏經‧無門關卷一‧州勘庵主》卷四八，台北：新文豐出版社，1994 年，頁 294。

圓、缺暗孤冷、位置、與自然景物組構者，共四類，皆與空間中的自然月亮共感，昇華為詩人心覺層面所感、所思、所想。

第二節　時間變化

此節歸納之詩具有時間變化，共六十四首，又依月意象所涵蓋之時序分日夜四十九首、季節十三首、中秋月二首。又可再細分若干類，如下表：

時間變化	細分類別	小　計	合計 64 首
日夜	夜月	33 首	49 首
	月落	12 首	
	日月	1 首	
	月出	3 首	
季節	秋月	11 首	13 首
	冬月	2 首	
中秋月			2 首

日夜又依月的型態分夜月、月落、日月和月出；季節又分秋月和冬月；中秋月則未再細分。由數量可知，詩人不只鍾情夜晚的月亮，也偏愛即將落下的凌晨之月。

一、日夜

此類指月之日夜時辰變化，可再分夜月三十三首、月落十二首、日月一首、月出三首。夜月一類中，月之意象多指夜晚之月，如七律〈梅花二首寄呈彭吏部其一〉：

> 一自花光為寫真，至今冷落水之濱。
> 惟三更月其知己，此一瓣香專為春。
> 清所以清冰骨格，損之又損玉精神。
> 雪中好與誰為伴？只有竹如君子人。（頁 141）

本為描繪梅花的色彩，至此卻被冷落為水邊殘花。只有三更的月亮為梅花的知己，花瓣的香氣乃為春天瀰漫。梅花那純粹無雜的高尚品格，以及去除偽飾的崇高精神。雪中有誰能與它為伴？只有如竹子般正直清高的你。此詩乃讚賞與肯定彭吏部之人格，全詩不直接寫人，改以擬人寫梅花之品行高潔，最末以竹

明喻彭吏部，道出能與梅花相襯的只有翠竹。詩中三更月乃子時之月，時為半夜，因此納入夜月之中。再，五絕〈偶作二首其一〉「露滴中宵月，松搖古谷風。三身紅菡萏，四智碧芙蓉。」（頁176）前二句以倒裝言半夜時月光下的露水低落，古樸的山風吹動松樹，後二句，之三身與四智〔註15〕乃佛教用語，菡萏、芙蓉為蓮花，為彌陀淨土，故指淨土。此寫近景紅色的菡萏、碧色的芙蓉，景色美如淨土。詩裡中宵月為半夜之月，因此歸納為夜月之中。又，〈泊舟順濟廟前〉「梧葉落滿地，西風洗九天〔註16〕。鶴聲明月夜，曾此繫吾船。」（頁172）此乃詩人遊於廟宇前有感而發之五言絕句。前二句葉落滿地、西風點出季節為秋，兩句相呼應，刻劃秋風由神仙所居之九天拂落，梧桐樹葉掉落滿地。鶴的鳴聲在明月之夜下迴盪，而這裡曾經繫過我的船隻。此詩著重景物描繪，以景入情，月之明亮透露詩人心情愉悅，頗有到此一遊之意味。

　　月落有十二首，為月落日出之時，如五絕〈徐道士水墨屏四首其四〉「霜月沉青嶂，汀鷗臥白沙。曉風刪竹葉，秋霧補山丫。」（頁173）此詩描繪徐道士所繪屏風之景，霜白的月沉於青山，汀上的鷗鳥臥在白沙上。「刪」、「補」為對比，增添下二句之趣味，微風吹拂削去竹葉，秋天的霧氣補足山岱之景。其中月沉即為月落，指月將隱沒，日將升起之時，因此歸於月落一類中。

　　日月唯一首，月意象乃表時間流逝，五言律詩〈立秋有感〉，首聯「流年急似箭，日月跳如丸。」（頁115）兩句相呼應，皆以明喻指時光飛逝，流年、日月為喻體，似、如為喻詞，箭、丸為喻依。而急和跳則透露光陰快速流逝之意，用以形容流年與日月。藉由日月跳動如彈丸，生動表現日月輪替的樣貌，為詩人感嘆歲月如梭之意，因此歸納於日夜一類中。

　　月出有三首〈雲霄庵會宿〉、〈春日遣興〉和〈閒吟三首其三〉，月意象為日落月出黃昏之時。前二首為第三章所舉之例，最末一首乃五言絕句，「啼鳥千山暮，輕風一路清。草連江色暝，月對夕陽明。」（頁174），首句以聽覺、視覺摹寫描繪閒吟所見之遠景，句二承接遠與近景，微涼的輕風一路伴隨詩人吹到江岸邊，江水之色昏暗，對比月與夕陽的明亮構成一幅美景。其中「月對夕陽」為月出日落之時，因此歸在月出一類。

〔註15〕三身，佛之三身也，身乃積累功德以成佛體之意。另有法、報、應三身一詞。四智，為四種佛陀之智慧。丁福保編，《佛學大辭典》，台北：佛陀教育基金會，2014年，頁301、1173。

〔註16〕九天，指中天、羨天、從天等等，第九重乃玉帝所居之處。胡孚琛主編，《中華道教大辭典》，北京：中國社會科學版社，1995年，頁488。

二、季節

　　季節一類，可再分為秋月十一首、冬月二首。前者如〈贈秦止齋〉，為五言古詩，句三之秋月，即指秋天之月亮，因此列在本節中：

　　　　名顯不如晦，身進不如退。

　　　　水澄秋月現，雲散春山在。

　　　　神棲方寸間，心照大千界。

　　　　虛室乃生白，天光始發泰。

　　　　可以止則止，知止則不殆。

　　　　冥茫無有邊，不在天地外。（頁 22）

此為贈送詩，全詩以不求名利、退居歸隱作為詩旨。前四句言名氣顯亮不如晦暗，地位晉升不如退讓，品格如同湖水清澈秋月自然照映而出，雲霧散去春山自然顯露，以秋月、春山，象徵秦止齋高潔的人格。下二句言神明居留在方寸大小的地方，卻能看顧這大千世界，意味心胸寬大而眼界開闊。七至十句呼應一、二句，並化用《莊子・人間世》，「瞻彼闋者，虛室生白，吉祥止止。」〔註17〕和《老子・四十四章》，「知止不殆，可以長久。」〔註18〕兩句皆有不慕榮利之意，做到之後，前者將內心平靜，猶如日光所照，至虛至靜，後者將遠離危險，維持長久。末二句蒼茫無邊際無際，亦不存於天地之外，此種玄之又玄，乃描述道，可引申為詩人規勸秦止齋向道之心。此詩既為勸勉秦止齋，又為詩人肺腑之作，正如白玉蟾生平，曾關心天下事，卻不為朝廷所用，從而歸隱，專心致道。再如七律〈贈慵庵盧副官〉：

　　　　山色凝雲翠幾重，鳥聲驚落夕陽紅。

　　　　要攜琴去彈秋月，且挼棋來著晚風。

　　　　一度醉眠知事少，數番吟暢覺心空。

　　　　慵庵不與人相與，閣上（關上）柴門滋味濃。（頁 117）

首聯以視覺摹寫描繪遠景雲氣聚集之山巒翠色，以及鳴鳥啼落之夕陽霞紅。領聯道出詩人與盧副官之休閒娛樂，彈琴、賞月、下棋與吹風。頸聯承接上聯，卻提升至心覺層次，一同醉酒酣眠忘懷心事，屢次吟詩作對心情暢快。慵庵的主人翁不輕易與人結交，關起柴門令人興味濃厚。此贈送詩，表明詩人對盧副

〔註17〕晉・郭象，《莊子注》，台北：藝文印書館，2007 年，頁 88。

〔註18〕王雲五主編，陳鼓應註譯，《老子今註今譯及評介》，台北：台灣商務印書館，2014 年，頁 207。

官之友好態度，並好奇其不易與他人交友往來之原因。此處秋月與〈贈秦止齋〉之秋月同為襯托之景，但後者又可象徵人格之高尚，與前者略有不同。

冬月有〈歲晚書懷〉之寒月，及七絕〈霜夕吟月二首其一〉，「神飄骨疏影悠揚，獨撚吟鬚惱醉腸。霜月慰人於冷寞，溪梅挑我以清香。」（頁219）首句描繪梅花的神態、枝幹和月下之花影，下句接詩人獨自捋鬚在樹下吟詩喝酒。雖然獨自一人，卻不寂寞，以「慰」、「挑」之擬人，寫霜月慰藉寒冷寂寞的詩人，還有溪邊的梅花伸出枝條贈與詩人清幽的花香。「霜月」既可表示月之潔白，又透露季節乃梅花綻放之冬季。全詩月、梅相互襯托，以物寄情，由視覺、嗅覺摹寫提升為心覺。

三、中秋月

中秋月二首有〈山歌三首其一〉之中秋夜月，和七絕〈中秋〉，「風卷青天落大江，江風江水自舂（春）撞。萬千人看中秋月，十二樓開八面窗〔註19〕。」（頁211）首二句以誇飾寫風大到可卷起靛青色的天空，再落入大江，及略喻寫大風吹襲江面，湧起浪花，猶如互相搗舂之貌，「江風江水」為喻體，省略喻詞，「舂（春）撞」為喻依。接著以數量的誇飾寫天下有萬千百姓在中秋時節一同賞月，而月宮迎送人間賞月之目光。此詩之「中秋月」呼應詩題，亦為全詩之詩眼。

綜觀上述，此節時間變化之日夜、季節、中秋月三大類，各自表明詩作時序，又可再分為數小類，以數量多寡排序小類類別，為夜月三十三首、月落十二首、秋月十一首、月出與冬月各為三首、中秋月二首、日月一首，其中月落與月出，既表示時間，又透露月之空間感，其餘月意象，可為襯托之景，可有所象徵，讓詩作之客觀時間，結合詩人主觀感受和想法，成就全新月意象內容之作品。

第三節　神話典故

此節共三十三首，可再分為指涉嫦娥奔月二十六首、吳剛伐桂一首、牛郎織女二首、廣寒宮四首。

〔註19〕八面，可指丹爐的八面方位，而有八門。十二樓，又為十二重樓，指喉下十二節氣管。胡孚琛主編，《中華道教大辭典》，北京：中國社會科學版社，1995年，頁1160。此句當為冶煉金丹過程之意。

嫦娥奔月者，其月意象有涼蟾、蟾桂、銀蟾、素娥、蟾蜍、姮娥、蟾輪等等，而蟾與月的關聯，據劉傳新〈高懸於中國詩壇上的月亮——中國詩歌的原型研究之二〉，姮娥奔月最早記載於《淮南子‧覽冥訓》，之後《靈憲》描繪姮娥托身於月後變成蟾蜍。此外，作者統整西王母象徵長生，姮娥、常儀、女媧，三者皆指涉對象相同，皆指月神，所以姮娥、蟾蜍、女媧、常儀被賦予「生命誕生、繁衍」的意義。〔註20〕而本論文第一章提過之漢代畫像石，女媧、西王母形像乃象徵月神，玉兔替西王母搗仙藥，皆可佐證之。此外，趙紅〈道教神仙信仰下嫦娥奔月神話之演變〉提到，漢代時期的嫦娥，已具有仙化和長生之意義；唐代時，藉由嫦娥奔月神話，不僅塑造服仙藥而能長生之道教理論，更擴大嫦娥的形象，變得人情化、世俗化，青睞習黃老之道的書生。〔註21〕由此可知，嫦娥奔月神話，亦有象徵長生之意味。

詩作如七言古〈山月軒〉，其中月的「圓」象徵「誕生」之意味：

老蟾飛上梧桐枝，蒼屏烟冷猿夜啼。

瀲灩金盤掛寒巘，嬋娟玉鏡沉清溪。

風前松竹盡起舞，嫦娥徘迴不歸去。

人在廣寒天在水，滿天星斗知何處？

幽人為我鳴瑤琴，山前月下千古心。

不知明月幾圓缺，只有青山無古今。

醉持金盞吞金餅，塵世無人知此景。

青山無言人酩酊，浩歌臥斷桂花影。（頁50～51）

首四句著重描繪月景，先以飛字動態描繪月上梧桐，遠方蒼茫的山峰如屏障一般，傳來猿啼的聲音，以「夜」呼應「老蟾」，「冷」刻劃天氣之寒。月掛寒冷山峰，又沉清澈溪水，「瀲灩金盤」、「嬋娟玉鏡」皆指月亮，「掛」、「沉」使月景栩栩如生。五至八句藉神話襯托山月軒之美景，先以松竹擬人之「舞」寫風吹動松竹貌，美景在前，嫦娥徘徊不願歸廣寒。後寫詩人身在山月軒，卻如身在廣寒，銀河倒映溪水，滿天星斗可知此為何處？最末八句，「千古心」、「無古今」暗示長生，月的「圓缺」象徵生命的誕生與死亡，因此舉起金盞，吞下

〔註20〕劉傳新，〈高懸於中國詩壇上的月亮——中國詩歌的原型研究之二〉，《東岳論叢》，1992年，02期，頁106～107。

〔註21〕趙紅，〈道教神仙信仰下嫦娥奔月神話演變〉，《中南民族大學學報》（人文社會科學版），2007年，04期，頁165。

金餅——指月亮，引申為煉丹藥材，即指丹藥，達到長生、成仙。此詩旨為描繪山月軒景色，並融合煉化修仙思想。

此外，嫦娥奔月神話與玉兔搗藥〔註22〕具有相關性，張劍〈月亮神話母題的象徵〉透過世界各地流傳與圖像資料，闡釋兔與月亮關係。〔註23〕陳才訓〈嫦娥‧蟾蜍‧玉兔——月亮文化摭談〉提到西漢典籍和《五經通義》已言月中有兔與蟾蜍，輔以長沙馬王堆帛畫，繪有蟾蜍與玉兔，而鉤月下有一女子騰飛奔月，說明奔月神話與玉兔之連結。〔註24〕詩作如五古〈夜闌〉，此詩旨為飲酒其中「蟾吞不夜天，兔搗長生藥。否則廣寒君，尚或事梳掠。如何二鼓去，桂影更不作。」（頁27），以蟾、兔、嫦娥之典故點綴此詩，呼應最末二句「那有揚州鶴〔註25〕！那有揚州鶴！」的成仙之志。

吳剛伐桂可見《酉陽雜俎‧天咫》，「月桂高五百丈，下有一人，常斫之，樹創隨合。人姓吳名剛，西河人，學仙有過，謫令伐樹。」〔註26〕此類僅一首，七古〈問月台蘇竹莊同賦〉，為詩人與友人在賞月樓台一同賦詩之作，亦化用嫦娥、玉兔之神話：

> 千山萬山翠交鎖，何處瑤台天上墮？
> 台前吟久忽登樓，樓前開窗天入座。
> 留天且莫放天歸，問天明月來幾時？
> 青天推月上雲表，使我對月自問之。
> 試問月中玉妃子，人言羿妻無乃是。
> 夜夜清風為作媒，欲把冰姿嫁誰氏。
> 桂子婆娑今幾秋，蕊宮珠殿何年修？
> 吳剛執斧胡不休，玉兔銀蟾猶更留。
> 我聞明皇排空聽，（又聞）李白騎鯨水中（捉）。

〔註22〕玉兔搗藥，見漢樂府〈董逃行〉，月中有玉兔拿玉杵搗藥，成蛤蟆丸，食之可成仙。胡孚琛主編，《中華道教大辭典》，北京：中國社會科學出版社，1995年，頁1588。

〔註23〕張劍，〈月亮神話母題的象徵〉，華中師範大學中國當代文學碩士學位論文，2001年。

〔註24〕陳才訓，〈嫦娥‧蟾蜍‧玉兔——月亮文化摭談〉，《汀淮論壇》，2002年，03期，頁106～108。

〔註25〕揚州鶴，典用成語「鶴背揚州」典故，有客各言志向，其中一人欲騎仙鶴飛升。

〔註26〕唐‧段成式著、張元濟主編，《四部叢刊‧酉陽雜俎》卷二四，台北：商務印書館，2011年，頁271。

至今天上弄銀盤，依舊萬星攢碧落。

但見一輪月在天，如何千江千月圓。

月還似水水似月，千眼所見皆同然。

今方得月為詩侶，月亦有情但無語。

延月不久月竟歸，我欲乘風游玉宇。（頁 70）

前八句為賞月鋪陳，與天、月互動的轉化，透露詩人心覺層次，期許明月到來之心情。九至十六句，化用后羿、嫦娥、吳剛、玉兔、銀蟾之神話人物，以「胡不休」、「猶更留」，象徵月的永恆與生生不息。因此下句以明皇排空、李白騎鯨，象徵修仙飛昇和游仙。之後，明寫月亮的亙古不變，直至末四句，詩人將心中情感投射至月，並運用轉化，認為月為詩侶，但彼此心意相通而毋需言語，最後延請它，它卻歸去，暗示時間已近早晨，於是詩人乘風欲往月宮追隨月。此詩道出詩人對月的濃厚情感，兼以神話豐富詩作，乃奇幻游仙之作。

牛郎織女〔註 27〕二首有〈秋宵辭十二章其一〉，「銀河望不極，萬籟涼蕭蕭。雲花遠縹緲，月影寒寂寥。」（頁 7）以及〈秋宵辭十二章其三〉，「仰觀銀河月，千林散寒光。佳人今何之？遠在天一方。」（頁 7）「銀河」出自牛郎織女典故，此處月影、銀河月皆為景，藉景抒發詩人心中孤寂落寞之情，又描繪天上銀河、月亮燦爛之貌。由於僅二首月意象詩具牛郎織女，可見七夕傳說與月並無極大關聯。

綜觀上述，月之神話典故多為襯托景、物之用，並為煉丹修仙思想鋪陳，與嫦娥、后羿、吳剛、銀河、廣寒宮、玉兔所組成的月之意象，讓詩作中的月，不再侷限於日常生活中，而變得奇異神秘，令讀者遐想無限。

第四節　涉道展現

此節共一百一十八首，月與涉道思想、術語、描寫宮觀等等皆歸納於此，依涉道展現的內涵分為神聖空間四十九首、丹道工夫六十首、仙道典範九首；月亮各自多為襯托景色、做為煉丹和修道之形容、烘托聖人與神仙之姿。此節分類之統計表，如下：

〔註 27〕牛郎織女，見「乞巧節」，又稱七夕節、少女節，相傳此為牛郎織女相會日。
　　　　胡孚琛主編，《中華道教大辭典》，北京：中國社會科學版社，1995 年，頁 1530。

涉道展現		小　計	合計 118 首
神聖空間	仙境	28 首	49 首
	道觀或福地	15 首	
	其他	06 首	
丹道工夫			60 首
仙道典範			09 首

　　神聖空間又依地點細分仙境、道觀或福地、其他；丹道工夫、仙道典範則未再分類。

一、神聖空間

　　神聖空間一類共四十九首，月意象多為襯托仙境、道觀、福地之景色，又可分為仙境二十八首、道觀或福地十五首及其他六首。仙境如七律〈步虛〔註28〕（奏章歸）〉：

　　　　玉殿朝回夜已深，三千世界〔註29〕靜沉沉。

　　　　微微花雨黏琪樹，浩浩天風動寶林。

　　　　烟鎖崑崙山上頂（山頂上），月明娑竭〔註30〕海中心。

　　　　步虛聲斷一回首，十二樓台何處尋？（頁 122）

此為游仙詩，描繪佛道融合後的仙境之景，由末二句可判斷詩題之〈步虛〉指科儀中的韻體。首聯以玉殿、三千世界描繪仙境的大概輪廓。頷聯以微微的落花、強勁的風勢，細部刻劃仙境樹林──琪樹、寶林，「黏」、「動」對比首聯「靜沉沉」，使畫面甦醒。頸聯用宏觀視角寫道教仙山──崑崙山上煙霧浩渺，佛教之海──娑竭羅中心被月光映照。尾聯藉由停止吟唱步虛，回首望去，崑崙仙境的十二樓已望不到，象徵詩人已離開。十二樓亦可指人體部位──十二

〔註28〕步虛，道教齋醮中，道士於醮壇旁贊頌、步行的儀式動作。或為道教科儀音樂中的韻體，屬游仙詩類。南朝劉宋・陸修靜《洞玄靈寶說光燭戒罰燈祝願儀》，提及天上聖眾會「旋繞上宮，稽首行禮，飛虛浮空」，一邊歌詠讚頌元始天尊等等。而當今道士則仿此「巡繞高座，吟誦步虛章」。胡孚琛主編，《中華道教大辭典》，北京：中國社會科學版社，1995 年，頁 538、1597。

〔註29〕三千世界，三千大千世界略稱，佛教聖山須彌山外小世界合一千為小千世界，再合此一千為中千世界，又合此一千為大千世界。丁福保編，《佛學大辭典》，台北：佛陀教育基金會，2014 年，頁 284、285。

〔註30〕娑竭羅，海名，譯為鹹海。丁福保編，《佛學大辭典》，頁 1717。

節氣管，則呼應步虛，描述道教儀式結合煉化金丹之事。此詩月為烘托景致，表現游仙所見之景的奇幻壯闊。再，七絕〈新正三首其一〉「九天日月開黃道〔註31〕，十洞烟霞接紫清。為問蟠桃當熟未？人間春草已枯榮。」（頁 211）九天可指九重天，意為神仙所居之上界，十洞指十大洞天，紫清指上丹田，借代修煉內丹之士，此二句寫上界日月運行通達黃道之景，人界聖地煙霞鄰接修行之士。後二句天、人之對照更為明朗，天上蟠桃是否熟成了？人間春天的野草已枯榮更迭。此詩始於天、人界之景，其中月與日組構，為形容黃道之景，最末揭露兩界時間流逝不同，更顯兩者之對比。

　　道觀或福地如，五律〈泰定庵〉：

太極函三性，千燈共一光。

猿啼廬阜月，雁叫洞庭霜。

夜半冰生水，風前麝出囊。

吾師知個事，念念守中黃。（頁 113）

首聯言太極中包含元精、元氣、元神之三性〔註32〕，一法能開導百千人，如一燈可燃百燈，謂之無盡燈〔註33〕，藉由佛教理論言道之傳遞，亦涵蓋道教宇宙生成觀念。頷聯用七十二福地之廬山，大洞天中林屋山洞之洞庭湖〔註34〕，形容月、霜，兼以聽覺摹寫之猿啼、雁叫，既豐富景色，更增添詩的層次。頸聯以冰生水、麝出囊，指冰漸融化成水，花香漸濃，暗示時間流逝。尾聯中黃即指天心，為內丹家修練之氣，貫通人體各處。此詩之月，既與山組構，又以猿相襯，形塑景色，描繪道家七十二福地之幽美。

二、丹道工夫

　　此類共六十首，月意象或為煉丹器具；或為煉丹藥材；或為內丹術語；或為形容修道內容等等，如七律〈丹詩〉：

太乙〔註35〕壇前偃月爐，不消柴炭及吹噓。

〔註31〕黃道，日行中道為黃道，與月行之八道共稱九道。胡孚琛主編，《中華道教大辭典》，北京：中國社會科學版社，1995 年，頁 1180。

〔註32〕胡孚琛主編，《中華道教大辭典》，北京：中國社會科學版社，1995 年，頁 1140。

〔註33〕丁福保編，《佛學大辭典》，台北：佛陀教育基金會，2014 年，頁 2189。

〔註34〕胡孚琛主編，《中華道教大辭典》，北京：中國社會科學版社，1995 年，頁 1645。

〔註35〕太乙，即東極青玄上帝、救苦天尊、太一（乙）救苦天尊，若遇難，誦唸聖號便可度過難關。胡孚琛主編，《中華道教大辭典》，北京：中國社會科學版社，1995 年，頁 1465。

金翁跨虎歸瑤闕，姹女騎龍到雪壺。

採得三斤寒水玉〔註36〕，煉成一顆夜明珠。

從茲只用抽添〔註37〕法，產個嬰兒一似棗。（頁157）

首聯點出煉丹場景，救苦天尊壇前的偃月爐不需要靠外物燃燒運作，頷聯巧妙地將煉丹材料和仙宮融合，金翁（金公）、虎可指鉛，龍、姹女可指汞〔註38〕，瑤闕和雪壺（冰壺）可指仙宮與月光，引申為月宮。頸聯為煉丹採藥之舉，尾聯描繪控制煉丹時的火侯，最後煉出嬰兒，即汞。嬰兒似棗為明喻，嬰兒為喻體，似為喻詞，棗為喻依。此詩月意象結合丹爐，指形狀似半玄月之陰爐，襯托煉丹過程，兼以融合各式藥材及修辭技巧，而成此首丹詩。再如，七古長詩〈茶歌〉首句由景而起「柳眼偷看梅花飛，百花頭上東風吹。」（頁99）兩句相呼應，運用擬人將柳看梅飛，乃因春風吹拂百花之景，活潑生動地描繪而出。直至句九「帶露和煙摘歸去，蒸來細搗幾千杵。捏作月團三百片，火侯調勻文與武。」（頁99）才為煉丹揭開序幕，為呼應詩題，寫製茶工序中的「採」、「蒸」，即採茶與蒸茶，月可指鉛，文與武指文武火〔註39〕，此四句藉製茶步驟描繪煉丹之始。最末四句寫品嘗茶——實指丹藥之感受，「味如甘露勝醍醐〔註40〕，服之頓覺沉痾蠲。身輕便欲登天衢，不知天上有茶無？」（頁99）味道如同天人所食之天酒美露，勝過醍醐，食用後久治不癒的病痛皆痊癒。全身輕盈即將飛登廣袤的天空，不知天界中是否還有此等好茶、仙丹。此詩融合佛道術語，透過製作、讚頌茶，象徵煉丹過程與成仙之妙，為一首別具匠心之勸世詩。

〔註36〕寒水玉，見寒水石，又稱凝水石，即石膏。胡孚琛主編，《中華道教大辭典》，頁1401。

〔註37〕抽添，見進退抽添，指進火、退火、抽火、添火，即起火、撤火、減弱火侯、增添火侯。煉丹時對火侯之掌控。胡孚琛主編，《中華道教大辭典》，頁1352。

〔註38〕水銀，即汞、河上姹女（姹女）、青龍（龍）。黃兆漢，《道藏丹藥異名索引》，台北：學生書局，1989年，頁278～279。另，王儷蓉認為白玉蟾內丹術語中龍為汞，鉛為虎。王儷蓉，〈白玉蟾謫仙與內丹思想研究〉，國立清華大學中國文學碩士學位論文，2007年7月，頁99。

〔註39〕文武火，外丹家煉丹時常用之火侯，文火與人體體溫接近，武火為鐵鍋加熱至發紅之溫度。胡孚琛主編，《中華道教大辭典》，北京：中國社會科學版社，1995年，頁1353。

〔註40〕甘露、醍醐，前者異名為美酒甘露，乃天人之食。後者為五味之一，製自牛奶，亦為藥中第一。丁福保編，《佛學大辭典》，台北：佛陀教育基金會，2014年，頁833、2715。

此外，不乏月意象涉及禪宗義理之丹詩，如七古長詩〈西林入室歌〉，首句「有一明珠光爍爍」（頁104），呼應句七「亦名九轉大還丹，謂之長生不死藥。」（頁104）點出此乃丹詩，其後融合禪宗概念。句十五當中的月，襯托佛教術語，「三業三毒雲去來，六根六塵月綽約。所以然者本體空，誰言何似當初莫？」（頁104）其中三業、三毒、六根、六塵〔註41〕為佛學用語，以雲、月的來來去去、柔弱美好，又可引伸為月的圓缺，出現與消失，禪意地象徵人在世間所造之法，悟道後終究是空，誰說起初不如不要作。正如禪宗所強調，生活即是禪，與其刻意與世隔絕，不如在生活中直視本心，以此悟禪。此詩之月，乃藉其型態象徵有無，闡明詩人對於禪之體悟，並隱含煉丹、修行以成仙之理念。又如七律〈契妙〔註42〕〉：

> 契妙堂中靜養神，神寧氣聚一壺春。
>
> 青山綠水無非道，翠竹黃花有幾人？
>
> 世味不知千百世，身中還更兩三身。
>
> 一從契得虛無妙，明月清風是我鄰。（頁126）

首聯點出詩題之契妙乃一堂之稱，會合神祕奧妙之義。修煉氣與神，先調整呼吸再結合精神意識、大腦運作，宇宙或仙境盡是生機。頷聯承接首聯最末之「春」，寫青綠之山水、碧綠與明黃之竹菊，皆是宇宙、道之一環，有多少人達成此種境界？頸聯寫輪迴千百世，經歷人世的個中滋味，仍要由三身——法、報、應中明澈自己，看見本心。尾聯融合佛道思想，契會虛無——道之妙不可言，究竟禪理與道〔註43〕，明月清風之萬物皆與我親密友好，讓我由此悟道。此為題詩，透過佛道理念襯托契妙堂，以月的明亮象徵生機勃勃的樣貌，而非以缺、暗之象徵負面之型態表達。

〔註41〕三業，指身、口、意之所作。三毒又稱三根，分別為貪、瞋、癡。六根，指眼、耳、鼻、舌、身、意之六官。六塵，指色、生、香、味、觸、法之六境。丁福保編，《佛學大辭典》，頁303、337、648、657。

〔註42〕契、妙，皆為佛教術語，前者當指「契會」，當會合而無乖角也。有「妙捨有無，契會中道。」之句。後者梵語為「曼乳」，不可思議（神秘奧妙）、絕待（絕諸對待：互相並峙）、無比之義。丁福保編，《佛學大辭典》，頁1619、1201。

〔註43〕道，此應有「道生一，一生二，二生三，三生萬物。」道生萬物過程之意。王雲五主編，陳鼓應註譯，《老子今註今譯及評介·四十二章》，台北：台灣商務印書館，2014年，頁200～201。虛無，據《老子·四十章》，「天下萬物生於有，有生於無。」無與道相近，所以此指道。胡孚琛主編，《中華道教大辭典》，北京：中國社會科學版社，1995年，頁438。

三、仙道典範

此類共九首，月意象多指神仙或聖賢人物，或烘托其形象，如，七律〈薄暮抵懶翁齋醉吟〉，此詩之月女指神仙，亦借代月亮，以描摹月光映照床帳之景：

> 旋開白酒買蓮房，滿瀉桐膏炤玉釭（缸）。
> 月女冷窺青斗帳，風神輕撼碧紗窗。
> 公疑我是今皇甫，我恐公為昔老龐。
> 醉後唾珠粘紙面，笑將筆力與人扛。（頁 161）

首聯之蓮房為僧人的居室，呼應詩題懶翁齋，桐膏為桐油製成膏，玉釭為精緻的燈，乃描繪燈光瀉出，滿室皆為光線所照耀。頷聯月女、風伯為太陰元君、風伯〔註44〕，藉神仙寫月映床帳、風吹紗窗之貌。頸聯典用皇甫謐撰《高士傳‧龐公》，龐公未曾出仕，荊州刺史劉表延請之，然而龐公婉拒，後攜妻與子登陸門山歸隱不復返〔註45〕，此言詩人與友人自詡為高士，志在歸隱之情操。末聯詼諧刻劃彼此醉後之姿態，甚至互相較量用筆行文之力量。此詩由景入情，營造輕鬆愉悅、與友人相聚飲酒之氛圍，令讀者不禁莞爾一笑。又，七絕〈徐處士寫予真〉，此乃寫予徐處士之詩，其中「月珮」可就字面解讀，亦別有涵義，「心潛天地笑藏春，月珮雲衿絕一塵。前世率拖天上客，今生大宋國中身。」（頁 230）首句寫徐處士心中懷藏天地笑如生機盎然之春，意即他擁有禪意之心胸，下句中的月、雲之襯托更顯氣質超絕出塵。前世為仙人，率領天上仙客，今生隱於大宋中，表達徐處士追求隱居、成仙之志。月珮雲衿中的月、雲，既可形容玉珮、衣帶，又可指煉丹藥材鉛和雲母，意即攜帶不凡仙丹，以側寫烘托處士絕塵之氣質。

綜觀上述，此節月意象結合丹道工夫最多，其次為神聖空間，最末為仙道典範；月可指煉丹器具、藥材、術語；可形容仙境、道觀、福地之景；可指神仙或聖賢人物，或烘托其形象。白玉蟾以多變而迥異之寫作技巧寫「月」，無論是修辭中象徵和借代，或是月與其他字詞相襯，使其涉道詩具有不同面貌，作品更顯飽滿之餘，也讓後人可用不同的角度探究詩人與月之主客結合後的意象內涵。

〔註44〕太陰元君，月神，又稱太陰皇君、月宮黃華素曜元精聖后太陰元君、太陰娘娘等等。風伯，又稱風師、箕伯、飛廉，司風之神，信仰久遠。胡孚琛主編，《中華道教大辭典》，北京：中國社會科學版社，1995 年，頁 1475、1492。

〔註45〕晉‧皇甫謐，《文津閣四庫全書‧史部‧傳記類‧高士傳‧龐公》四四六卷，台北：商務印書館，2007 年，頁 313。

第五章　白玉蟾月意象詩作的價值及其弟子相關詩作之傳承

　　白玉蟾所創之金丹派，教團之大，徒弟之多，在道教史上留下輝煌的一頁，然而由宋末至元時期，教團式微，從再傳弟子李道純〔註1〕著作冠上「全真」之名後，象徵金丹派併入全真道。金丹派後人多遺涉及道教義理之文，雖然所遺詩詞數量不多，卻可由詩中月意象一窺後人承自白玉蟾樸質自然之詩風與釋、道思想。

　　第一節白玉蟾月意象詩作的價值意義，由前人對於白玉蟾著作之價值與評論，進一步歸納、梳理月意象之文學價值，將其分為三點。第二節月意象詩在白玉蟾弟子作品中之傳承，除了整理前人對於白玉蟾之徒的相關詩評，並對大弟子彭耜、再傳弟子王慶升、周無所住〔註2〕、李道純詩作中的月意象進行初步探析，與詩作傳承之可能性，而由於白玉蟾弟子多生卒年不詳，因此各自生平僅略述。

〔註1〕李道純，宋末元初人，生卒年不詳，字元素、號清庵、瑩蟾子，師事王金蟾，元代後自詡為全真道士。胡孚琛主編，《中華道教大辭典》，北京：中國社會科學版社，1995年，頁140。

〔註2〕周無所住，南宋永嘉人，師事方碧虛，又拜入林自然門下。王慶升，南宋人，字果齋，號吟鶴、爰清子，彭耜之再傳弟子；《中國道教史》言其師承桃源子，著有《爰清子至命篇》、《三極至命筌蹄》等。胡孚琛主編，《中華道教大辭典》，北京：中國社會科學版社，1995年，頁137。任繼愈，《中國道教史》，上海：上海人民出版社，1997年，頁163。

第一節　白玉蟾月意象詩作的價值意義

　　道教文學的概念可源於李豐楙和游佐升之著作，直至《中國大百科全書・宗教卷》出版才正式定名。〔註3〕道教具有獨特的宇宙觀，可作為文學的思想內涵，詩、詞、曲、賦、小說、散文等文學形式，又可作為道教的載體，兩者相互影響反映社會的面貌。〔註4〕

　　蕭天石〈影勘白真人全集序〉提到「宋白玉蟾真人者，為道家南宗正統，丹鼎派中最傑出之仙才……天才橫溢，慧悟超絕。」〔註5〕除了讚賞白玉蟾在道家中佔有一席之地，亦言其聰慧過人，證明其著作在道教文學中具有舉足輕重的地位。此外，對於白玉蟾才學之評論，《白玉蟾全集》有前人相關之序跋，如，遐齡老人〈重編海瓊玉蟾先生文集原序〉，「況先生博恰儒術，出言成章，文不加點，時謂隨身無片紙，落筆滿四方……儒者謂出入三氏，籠罩百家，非世俗所能也。」〔註6〕朱權言白玉蟾對於儒學之廣博，文不加點之餘，更是斐然成章，隨身攜帶的小紙張，皆用來書寫，文采落遍四方。儒者稱白玉蟾集儒、釋、道於思想著述之中，涵蓋百家之言，此非世俗之人所能辦到。再，林有聲於萬曆甲午年（1594）所寫之〈白真人文集後敘〉：

　　　　蓋功成九轉固難，而該通六籍尤不易也。噫！若瓊琯白真人者，可
　　　　不謂兼之乎。真人生於宋之末季，距今四百餘載，其時遍遊名山，
　　　　屢遇神人授以還丹秘訣……而游寓之餘，尤多著作，若詩詞歌賦奏
　　　　章序論，無慮數千萬言，可謂仙而能文矣。〔註7〕

九轉為煉丹術語，此處借代為修仙學道，六籍為《詩》、《書》、《易》、《禮》、《樂》和《春秋》，借代文學造詣。先言仙術難就，又言文辭難成，並點出白玉蟾可以兼顧兩者。提及白玉蟾之生年和經歷，貫串修煉成仙和著作文章之事，呼應開頭，最末讚其「仙而能文」。又，林桂〈重校白真人文集跋〉：

〔註3〕詹石窗，《南宋金元道教文學研究》，上海：上海文化出版社，2001 年，頁 02。

〔註4〕見「道教文學」，胡孚琛主編，《中華道教大辭典》，北京：中國社會科學版社，1995 年，頁 1556。

〔註5〕宋・白玉蟾著、蕭天石主編，《白玉蟾全集》上冊，台北：自由出版社，2019 年，頁 3。

〔註6〕宋・白玉蟾著、蕭天石主編，《白玉蟾全集》上冊，台北：自由出版社，2019 年，頁 19。另，遐齡老人即朱權（1378～1448），明太祖第十七子，號臞仙，〈重編海瓊玉蟾先生文集原序〉寫於正統壬戌年（1442）。

〔註7〕宋・白玉蟾著、蕭天石主編，《白玉蟾全集》下冊，台北：自由出版社，2019 年，頁 1467。

　　仙之可學、不可學，吾不知，而其詩其文固人人得而學之也。曩余
　　見真人詩，驚仙中有此才，以為古仙詩雄放如呂純陽，外其清空縹
　　緲，則推真人。繼得讀仙史，始知神仙才子屬是人矣。今又獲見真
　　人全集，伏而讀之，浩浩乎如馮虛御風，而不知其所止；飄飄乎如
　　遺世獨立，羽化而登仙。〔註8〕

林桂為瓊州人士，曾參與《海瓊玉蟾先生文集》之編纂和整理〔註9〕，由此跋
可知他對於白玉蟾之仙學敬而遠之，但對於凡人可學之詩歌和散文，他閱過後
大為讚賞，認為白玉蟾和呂純陽雄放的詩風不同，以「清空縹緲」言之。而在
此跋最末，道出重新校勘白玉蟾文集，為瓊州鄉人之幸。

　　提及白玉蟾的文——《海瓊白真人語錄》、《海瓊傳道集》、〈謝張紫陽書〉、
〈玄關顯秘論〉探究其思想義理，與張伯端《悟真篇》、〈青華祕文〉之內丹學
說最大不同，乃承其師陳楠，更進一步將禪學融入其道教思想。先由傳統道家
宇宙論，推至三教同源之論，並言其內丹修煉分初關煉形、中關煉氣、上關煉
神。煉形乃先凝神聚氣，氣聚後丹成、形固，則至神全，以「忘」字貫穿，靜
定心與神，既與道家之無相近，又與禪宗之篤定淡然相似。又將修煉過程分為
十九訣，亦不拘泥於時辰年月等等。〔註10〕此法即為南宗之先命後性，因白玉
蟾而融攝儒、釋思想，此三教同源之說為後人所認同。

　　詹石窗《南宋金元道教文學研究》認為白玉蟾詩的主題思想為「艮止為
門，先命後性，性命兼達」引用《象傳》，「艮，止也。」又引《莊子》，「虛
室生白，吉祥止止。」止止乃抑制非分之念，反璞歸真、歸一，達到思想之
純而不偽。先命後性，由氣和精開始修煉，藉由控制意調整呼吸，再至神，
為南宗內丹修煉理論，雖然性與命有先後之分，但實則一樣重要，因此需要
兼達。白玉蟾將生活融入詩中，一山一水，一花一木，涵蓋「止止」思想，
從而使其涉道詩富有靈性，不過，亦有充斥道教術語較顯晦澀之詩，降低其
藝術性。〔註11〕

〔註8〕宋・白玉蟾著、蕭天石主編，《白玉蟾全集》下冊，頁1465。

〔註9〕喬紅霞，〈《海瓊玉蟾先生文集》明清時期瓊州府編刻流傳考〉，《南海師範大學
　　　學報》（社會科學版），2016年，05期，頁101。

〔註10〕任繼愈，《中國道教史》，上海：上海人民出版社，1997年，頁515～516。卿
　　　希泰編，《中國道教史》卷三，成都，四川人民出版社，1996年，頁153～157。

〔註11〕詹石窗，《南宋金元道教文學研究》，上海：上海文化出版社，2001年，頁57
　　　～59、68。

　　尤玉兵〈白玉蟾文學研究〉引用白玉蟾友人潘牥、清代道士彭耜、《白真人全集》主編蕭天石之語，佐證白玉蟾之文學價值，然而他認為潘牥將白玉蟾和司馬遷、李白、杜甫、韓愈、三蘇父子相提並論，名過其實，應給予適當評價。〔註12〕趙娟〈白玉蟾道教詩詞研究〉將白玉蟾道教詩詞的研究意義分為道教意義和文學意義，又分資料價值、擴大內丹影響、促進對白玉蟾的全面研究；豐富了詩詞文學的題材領域、擴大了道教詩詞的功能。〔註13〕

　　綜觀宋末以降，至近代之前人對於白玉蟾作品之價值評論，白玉蟾月意象詩在一千二百五十四首中，占四百三十六首，詩的題材涵蓋文學及涉道——生活吟詠、題贈酬寄、煉丹修道、神仙贊頌。本論文不同於尤玉兵〈白玉蟾文學研究〉多針對白玉蟾未涉及道教術語、義理和思想之作進行研究，和趙娟〈白玉蟾道教詩詞研究〉多分析涉道之詩與詞。筆者以新的研究角度梳理白玉蟾之詩，可進一步觀察白玉蟾詩歌風格的呈現，如論文前面曾舉作品，化用李白、白居易、蘇軾、老子、莊子等典故，使詩人樸質文風較為豐潤；道教思想的傳揚，如月與丹道、神話思想的結合，月蘊含道教術語、長生、繁衍、凋零等意義。皆透露詩人喜用月意象的傾向，故此部份詩作的分析對於瞭解白玉蟾思想與文學的表現手法有其重要意義。

　　而白玉蟾此類月意象詩作之文學價值，分以下三點：

　　其一，增加白玉蟾著作之主題研究方向。前人對於白玉蟾研究，未有以月意象之角度探析者，或以純文學、道教文學之宏觀主題探究其詩、詞、文，或分析其他教派與白玉蟾思想之關係等等。

　　其二，涉及道教術語，擴大文學中月意象範疇。前人對於月意象研究多著重月之明、暗、圓、缺之型態，或與山、水、風等景物之組構，從純文學觀點探討，未由道教文學觀點解析月意象之涵義，月不只是時間與空間中的月，更具有神話和涉道之意義。

　　其三，以微觀角度共感白玉蟾融會在月意象中的情意。意象乃由主觀和客觀所構成，藉由對月的描寫，可以看見詩人在文學技巧、情感上的不同，使用修辭，傳達或悲或喜的心情體悟。用典老、莊之文，蘊含道家思想，並化用李白、蘇軾等作，繼承文學大家之風。

〔註12〕尤玉兵，〈白玉蟾文學研究〉，廈門大學中國古代文學碩士學位論文，2009 年，頁 55。

〔註13〕趙娟，〈白玉蟾道教詩詞研究〉，浙江大學中國古代文學碩士學位論文，2012 年，頁 41～45。

第二節　月意象詩在白玉蟾弟子作品中之傳承

　　第二章提過，張伯端、石泰、薛道光、陳楠、白玉蟾為南宗五祖。至於白
玉蟾弟子，任繼愈認為，嫡傳彭耜，再傳蕭廷芝、留元長、詹繼瑞、陳守默、
王金蟾、方碧虛、林自然、桃源子，三傳李道純、周無所住、王慶升。〔註14〕
不同於上述，卿希泰認為，嫡傳除了彭耜，上述所列之再傳弟子實乃嫡傳，尚
有趙牧夫、葉古熙、洪知常、陳知白、龍眉子、王景玄（金蟾）、潘常吉、周
希清、胡士簡、羅致大，而三傳弟子之李、周、王實乃再傳弟子，其餘有蕭廷
芝和林伯謙。〔註15〕可見白玉蟾後人並不少，然而詹石窗認為，「但該宗的文
獻在以往整理不夠，傳授線索亦不甚明朗。」〔註16〕以致典籍記載難以留傳後
世。而胡孚琛主編《中華道教大辭典》，對於白玉蟾嫡傳弟子留元長、洪知常、
龍眉子，再傳弟子林自然有相關記載。〔註17〕

　　據《歷世真仙體道通鑒》，白玉蟾嫡傳弟子彭耜，字季益，有三山人之號，
少時文聲遠播，卻不問世事，師從白玉蟾，作〈鶴林賦〉言隱逸之志，又作詩
「買得螺江一葉舟，功名如蠟阿休休。我無曳尾乞憐態，早作灰心不仕謀……」
終日以孔、老思想陶冶心靈，又以符籙替人醫疾，縱使他人勸其出仕，又得朝
廷延攬，然不改其志，閉門謝絕，不與世往來。〔註18〕雖然彭耜此詩內容與第
四章所分析之〈題天慶觀〉重出，但師徒二人各自之生平，將棄官從道、不慕
榮利的心態彰顯得淋漓盡致。彭耜所遺詩詞《南宋金元道教文學研究》除探究
上述一首詩，又辨析二首詞〈沁園春〉和〈滿庭芳〉，並將前者與白玉蟾〈沁
園春·修練〉相互比較，彭耜續存白玉蟾詞的結構模式，另一面點化和鍛造，
換成新的字句，和改動順序。〔註19〕由於二首有相似之處，可見彭耜所作〈沁
園春〉某程度上，具傳承白玉蟾〈沁園春·修練〉風格之可能性。

〔註14〕任繼愈，《中國道教史》，上海：上海人民出版社，1997 年，頁 504。

〔註15〕卿希泰編，《中國道教史》卷三，成都：四川人民出版社，1996 年，頁 142～145。

〔註16〕詹石窗，《南宋金元道教文學研究》，上海：上海文化出版社，2001 年，頁 68。

〔註17〕留元長，宋寧宗嘉定十年（1217）拜入白玉蟾門下。洪知常，字明道，號坎離
　　　　子，廬山太平興國宮道士，編白玉蟾詩文集《海瓊傳道集》刊行於世。龍眉子，
　　　　南宋嘉定年間人，為翁葆光（張伯端另一系弟子）再傳弟子。林自然，南宋人，
　　　　號回陽子。胡孚琛主編，《中華道教大辭典》，北京：中國社會科學版社，1995
　　　　年，頁 127、138、132、137。

〔註18〕元·趙道一，《歷世真仙體道通鑒》卷四九，《正統道藏·洞真部·傳記類》第
　　　　八冊，台北：新文豐出版社，1995 年，頁 746。

〔註19〕詹石窗，《南宋金元道教文學研究》，上海：上海文化出版社，2001 年，頁 69
　　　　～73。

　　筆者查《全宋詩》，其記載白玉蟾嫡傳弟子彭耜十七首，題材上至皇宮貴族，下至軍旅生活，雖然詩作略少，卻可一探作者對其之觀點，含月意象者不多，唯二首七絕〈妃嬪〉和〈樓〉。〈妃嬪〉，「涼殿初生露滿天，木樨花發月初圓。君王少御珊瑚枕，多就宮人玉臂眠。」〔註20〕此詩扣合詩題而展，由殿外景色刻畫至殿內宮閨之貌。前二句描繪取涼的宮殿外被露水覆蓋，秋意漸濃時桂花開放，天上的月剛圓。後二句寫君王不常使用珊瑚枕，改以妃嬪如玉般無暇剔透的手臂而眠，象徵君王寵幸妃嬪之景。此詩月具有時間感，與木樨花相繼點出，乃秋季十五月圓之日，而白玉蟾亦有幾首月意象詩與桂相關，如第三章提過之〈題丹晟（晨）書院壁〉，「秋桂月中藏影，冬梅雪裡飄香。」（頁33），和第四章之〈秋熟〉，「風揭蓮花白起，月篩桂子黃香。」（頁181），皆為月和桂相組構之詩句。另一首〈樓〉，「人世應無第二樓，暮雲飛不到簾鉤。未開寶鏡青冥裡，先賞冰輪碧海頭。」〔註21〕此詩乃描寫樓外仙境之景象，由首句透露此樓非俗世紅塵所擁有，下句轉寫窗外可見傍晚的雲靄，但它無法飄飛到卷簾上的鉤子，暗指仙樓所在之處極高。句三之寶鏡引申為日，太陽此時不在青色的天空中，連接末句，冰輪指明月，先欣賞銀亮潔白之月懸掛在碧藍海角的美景。由月與海烘托仙境之景，切合詩題所指涉之仙樓。

　　白玉蟾亦有幾首月和海相關之詩句，雖然並非月在海平線上之景，聊以相互對照，如第三章分析〈月夕書事〉，「微白一鉤天外月，淡青數點海邊山。」（頁136）弦月在天上微彎，下有點點青山與海景。和第四章析之〈步虛（奏章歸）〉，頷聯「烟鎖崑崙山上頂（山頂上），月明娑竭海中心。」（頁122）月亮照耀海中心之景等等。

　　再傳弟子王慶升《爰清子至命篇》，其自序撰於淳祐己酉年（1249）結州（今廣西省），全書分上下卷，闡發其內丹思想。下卷收錄〈入道詩〉，為十九首之七絕組詩，其一至三闡明作者對功名利祿之淡泊心態，其四、五將孝道與修仙融合，其六後言煉丹修道之事，乃勸世人入道之詩。含月意象者有其五、七、一二，共三首。其五，「人期上塚要焚黃，名爵思為厚夜光。九祖生天蒙帝渥，只緣一子入仙鄉。」〔註22〕承接其四之強調孝順，其五將孝與修仙思想

〔註20〕傅璇琮等編，《全宋詩》卷五九，北京：北京大學出版社，1998年，頁37387。
〔註21〕傅璇琮等編，《全宋詩》卷五九，北京：北京大學出版社，1998年，頁37389。
〔註22〕宋・王慶升，《爰清子至命篇》，《正統道藏・太玄部》第四十冊，台北，新文豐出版社，1995年，頁711。

結合，言祭祖時要焚黃以稟告列祖列宗承蒙帝恩，功名爵祿深厚如月亮所散發的瑩白光芒，歷代先祖蒙受玉帝厚恩，只因後代一子得道入仙鄉。月意象為夜光，修飾名爵之厚重難得，將追求功名與孝順連結。全詩首尾呼應，人生在世要祭拜先祖，努力修道成仙，讓祖宗亦能超脫，以盡孝道。其七為煉丹詩，前二句「乾坤大象一陰陽，離坎精華日月光。」〔註23〕乾、陽、離、日相同，可指煉丹材料汞，坤、陰、坎、月，指煉丹材料鉛。其一二，「閏年為厄要先推，陽弎陰差莫妄為。守待一陽來復後，斗加東北月沈西。」〔註24〕閏年有災難則要先推算命運，下句以抽換詞面修辭〔註25〕言陰陽運行有所差錯不能胡亂作為。等待夏至陰氣盡而陽氣開始復生後，天上的北斗七星〔註26〕可破除凶邪，而此時月亮西沉天空，即將天明。此處月為襯托北斗七星之景，北斗又被引申為可除盡惡煞之星君，闡述作者修道之思想。

　　再傳弟子周無所住著有《金丹直指》，內有十六首煉丹頌詩，及闡述詩作內丹理論之文，詩風雖與白玉蟾不同，卻可窺其承自師祖之思想。周無所住不以日月借代汞鉛，而是稱之為龍虎，或直稱藥物之名，如〈龍虎頌〉，「龍虎猖狂，心念炎烈。」、〈鉛汞頌〉，「欲識鉛汞，性情二物。」〔註27〕此種較不以自然景物入詩之寫作風格，雖然少了生活意象，卻更直指內丹之核心理念。卿希泰編認為，周無所住相較白玉蟾更傾向禪宗，引其著作《金丹直指》，若要脫離「謂人心念念不停，如龍虎之猖狂」的狀態，則「自然心中無心，念中無念」重視中道〔註28〕、無念、無為，讓心性之修煉更為清淨。〔註29〕因此〈斤兩

〔註23〕　宋・王慶升，《爰清子至命篇》，《正統道藏・太玄部》第四十冊，頁711。

〔註24〕　宋・王慶升，《爰清子至命篇》，《正統道藏・太玄部》第四十冊，頁712。

〔註25〕　抽換詞面，將重複詞語抽出，改換近義詞語，避免單調和呆板，為錯綜修辭之一種。此指「陽弎陰差」，弎同義於差，指差錯，運用不同字詞，使之變化。蔡宗陽，《應用修辭學》，台北：萬卷樓，2014年，頁223～225。

〔註26〕　七元，指七竅之真元、真神。再，七元之君，可辟除邪穢，使真氣不滿七竅。又指北斗七星。胡孚琛主編，《中華道教大辭典》，北京：中國社會科學版社，1995年，頁1203。

〔註27〕　宋・周無所住，《金丹直指》，《正統道藏・太玄部》第四十冊，台北：新文豐出版社，1995年，頁543。

〔註28〕　中道，原為佛教術語，指脫離兩個極端的道路、方法或觀點。道教重玄派借用此觀念，用以表示修玄時過程中的一個階層。胡孚琛主編，《中華道教大辭典》，北京：中國社會科學版社，1995年，頁460。

〔註29〕　卿希泰編，《中國道教史》卷三，成都：四川人民出版社，1996年，頁161～162。

頌〉，「不圓不缺行中道，著意忘懷便落偏。」〔註30〕直接點出中道，將丹道內煉之法歸於心性修煉，突顯金丹派揉合釋氏之思想，如呂錫琛認為，張伯端傳至白玉蟾，吸收其三教融合之理念，使內丹學更為成熟，體現對生命的關懷，推展為為真正的生命哲學。〔註31〕

金丹派入元後教團式微，人數少，亦無固定宮觀，未受朝廷重視，社會影響亦小，便流於全真教門下，因此再傳弟子李道純，稱己為全真道士，他生卒年不詳，字元素，號清庵，又號瑩蟾子，師從王金蟾，為白玉蟾之徒孫，居真州（今江蘇省）長生觀，著有《清庵瑩蟾子語錄》、《全真集玄秘要》、《中和集》和《道德會元》等等，對於《老子》有獨特闡發，進一步融合《周易》思想，闡述內丹理論，為元代內丹大家。其弟子眾多，有柴元皋、趙道可、苗善時等人。〔註32〕

《清庵瑩蟾子語錄》，為李道純著，由弟子纂集，成於元戊子年（1288），收錄講道語錄、詩、詞和丹訣。含月意象詩者，列舉九首，有丹詩三首、烘托之贊二首、禪意三首和安貧一首。丹詩如卷四《維揚作句問答錄》中，「師曰：『乾鼎金爐烹日月，天罡斗柄幹旋機。』」〔註33〕此聯句中日月為煉丹藥材——汞和鉛，同白玉蟾不直言藥材之名，而以日月借代，寫鼎爐烹煉藥材貌。然而下句寫宇宙星體運轉之貌，則與白玉蟾詩作大相逕庭。李忠達認為，李道純透過與弟子聯句，以詩句作為題目，讓弟子在回答時參透內丹理論和禪法。而此詩下句則寫季節更迭，象徵丹爐之火侯和天體運行之關聯。〔註34〕煉丹詩除了此首，再，〈有無〉，「繫風抱影謂之有，掬水弄月謂之無。會得離交坎，方知有即無。有無成一片，煉作夜明珠。」〔註35〕月為虛景烘托無，全詩將煉丹扣合《老子・一章》內容，「無，名天地之始，有，名萬物

〔註30〕宋・周無所住，《金丹直指》，《正統道藏・太玄部》第四十冊，台北：新文豐出版社，1995年，頁544。

〔註31〕呂錫琛，〈金丹派南宗的修煉思想及其與儒釋的關係〉，《宗教哲學》，2007年，42期，頁93。

〔註32〕卿希泰編，《中國道教史》卷三，成都：四川人民出版社，1996年，頁364～367。任繼愈《中國道教史》，上海：上海人民出版社，1997年，頁533。

〔註33〕元・李道純撰、柴元皋等編，《清庵瑩蟾子語錄》卷四，《正統道藏・太玄部》第四十冊，台北：新文豐出版社，1995年，頁77。

〔註34〕李忠達〈李道純內丹集團的儀式、口傳活動與文本編纂——以《清庵瑩蟾子語錄》為核心〉，《政大中文學報》，2020年，33期，頁161～162。

〔註35〕元・李道純撰、柴元皋等編，《清庵瑩蟾子語錄》卷六，《正統道藏・太玄部》第四十冊，台北：新文豐出版社，1995年，頁95。

之母。」〔註36〕無和有為天地之起始與根源，指涉道，表示從無落實至有的活動過程。離、坎指汞鉛，將藥材混合，有無相生，則煉成夜明珠——乃金丹之借喻〔註37〕，省略喻體、喻詞，只剩喻依。如第四章分析，白玉蟾七律〈丹詩〉頸聯，「採得三斤寒水玉，煉成一顆夜明珠。」（頁157）寒水玉指石膏，亦描繪採藥、煉藥成丹之過程。又，〈贈程潔庵〉，為七絕組詩，共五首，其一，首二句「無為好向無中作，自有瓊蟾照碧崖。盡夜下工常不間，氣圓神備產嬰孩。」〔註38〕從老子之無為而起，順應自然，不加以干擾、偽飾，下句之瓊蟾即月亮，以月光照耀壁崖之自然景象，呼應前句之無為。時常徹夜下工夫煉丹，最後產出嬰孩，即汞之別名。此贈送詩強調無為乃修道煉丹不可或缺之工夫。

　　亦有月意象乃烘托容貌、姿態、形象者，如卷五〈贊李待詔〉，「剔聰正容，披雲修月。」〔註39〕以月修飾李待詔，月可指煉丹藥材，修月乃煉丹修道之借代。此二句贊其聰穎、端正之容貌，以及不凡之神態，類同白玉蟾〈頤庵喜神贊〉，「江月射雙眼，岩雲飛兩眉。」（頁270）月為修飾喜神外貌。又，〈贊錢待詔〉，前四句「玉掠撥開雲，金刀修出月。上頭些子機〔註40〕，一切都通徹。」〔註41〕玉梳分開雲朵，金刀削刻月亮。高處景象透露一些根機和機緣，而這些都通達明白道本身。此贊前二句襯托錢待詔之道法高深，與後二句相互呼應，傳遞道、禪思想。

　　具禪意之詩者，如，「師曰：『水中撈月從來妄，火裡栽蓮是脫空。』」〔註42〕此處和白玉蟾〈題友人《月光詩集》〉，「石上栽花者，火中撈雪人。」（頁

〔註36〕王雲五主編，陳鼓應註譯，《老子今註今譯及評介》，台北：台灣商務印書館，2014年，頁56。

〔註37〕借喻，僅剩喻依，省略喻體和喻詞。蔡宗陽，《應用修辭學》，台北：萬卷樓，2014年，頁41。

〔註38〕元·李道純撰、柴元皋等編，《清庵瑩蟾子語錄》卷六，《正統道藏·太玄部》第四十冊，台北：新文豐出版社，1995年，頁96。

〔註39〕元·李道純撰、柴元皋等編，《清庵瑩蟾子語錄》卷六，《正統道藏·太玄部》第四十冊，台北：新文豐出版社，1995年，頁81。

〔註40〕機，為佛教術語，常曰根機、機緣等等。人之心性固有，對佛法之領悟、接受能力等等。丁福保編，《佛學大辭典》，台北：佛陀教育基金會，2014年，頁2688。

〔註41〕元·李道純撰、柴元皋等編，《清庵瑩蟾子語錄》卷六，《正統道藏·太玄部》第四十冊，台北：新文豐出版社，1995年，頁81。

〔註42〕元·李道純撰、柴元皋等編，《清庵瑩蟾子語錄》卷六，《正統道藏·太玄部》第四十冊，頁79。

22）具異曲同工之妙，運用具體、生活化、矛盾的語言，透過禪學表達難得且寶貴之景，前者點出佛學中非偽、離相之意，後者用以襯托《月光詩集》實乃一字千金。亦有作為景色，以便襯托詩旨之月意象，如〈贊扇〉：

　　圓陀陀地〔註43〕一片，直下森羅〔註44〕影現。

　　舉起明月當天，搖動清風拂面。

　　且道見也不見。咦，休問見也不見，為伊略通一線，搧一扇。〔註45〕

此詩藉由贊扇之舉，富有禪意的寫出詩人悟道的瞬間。前二句烘托明月，寫其圓而大，明而亮，讓世間萬物顯現於前。句三、四，以擬人寫明月被舉起，作為扇子而搖晃，清風輕拂詩人的面頰。此時似乎看見道，卻又沒看見，別問見也不見的原因，因為道存在於那細微的一線之間，在搧扇子的剎那。此種生活之中極富禪意，融攝道家思想，類同白玉蟾七律〈契妙〉尾聯，「一從契得虛無妙，明月清風是我鄰。」（頁126）契會不可思議之道，月和風之自然景物，由道體而生，讓我由此悟道。只是李道純相較白玉蟾，更具有禪意，而這也和全真教相關。《中國道教史》提到，全真教教義為明心見性，此原為禪宗理念，因而在實踐過程中，也多取於禪宗，使全真道士與禪僧極為相似。禪宗之空寂，全真教則是讓心趨於清靜，明心，心即道；接著，連清淨之念亦要泯絕。〔註46〕由此可知，李道純雖出於南宗，卻又融於全真教，在教義方面，更加吸收禪宗精神。下面這首，融攝禪宗意味更加濃厚，〈虛徹靈通〉，「虛心靜定通玄牝，徹骨清貧入道基。靈地瑩然心月現，禪天〔註47〕獨露大光輝。」〔註48〕此詩扣合詩題之，先言入道之法——內心保持空、靜，以及清貧的骨氣，後言入道後所見禪天之景。其中玄牝化用《老子·六章》〔註49〕，原指道的創生能力，

〔註43〕圓陀陀地，或曰陀陀為美艷之貌。有「瑠璃古殿照明月」之句，曰「圓陀陀地」。丁福保編，《佛學大辭典》，台北：佛陀教育基金會，2014年，頁2332。

〔註44〕森羅萬象，宇宙間存在之各種現象，森然羅列於前。丁福保編，《佛學大辭典》，頁2062。

〔註45〕元·李道純撰、柴元臯等編，《清庵瑩蟾子語錄》卷五，《正統道藏·太玄部》第四十冊，台北：新文豐出版社，1995年，頁82。

〔註46〕任繼愈，《中國道教史》，上海：上海人民出版社，1997年，頁544～545。

〔註47〕禪天，指四禪天，修四種禪定，所生之色界，脫離慾念後所居之處。丁福保編，《佛學大辭典》，台北：佛陀教育基金會，2014年，頁808。

〔註48〕元·李道純撰、柴元臯等編，《清庵瑩蟾子語錄》卷六，《正統道藏·太玄部》第四十冊，台北：新文豐出版社，1995年，頁99。

〔註49〕《老子·六章》，「谷神不死，是謂玄牝。」虛空而無法揣測、不停歇的變化，叫做玄牝，亦指道的生生不息。王雲五主編，陳鼓應註譯，《老子今註今譯及評介》，台北：台灣商務印書館，2014年，頁79～80。

在此可借代為道本身。月為烘托心念純淨無雜，和禪天所散發光輝相互呼應，為一首釋道思想融合之詩作。詩題之虛徹靈通，第三章提過，白玉蟾〈爐鼎〉，「虛徹靈通偃月爐。」（頁158），由極致虛靜，而靈通悟道，此為烘托半弦月形狀的煉丹藥爐。

白玉蟾、嫡傳弟子彭耜、再傳弟子王慶升皆曾以詩言安貧樂道之精神，李道純亦有此類詩作，〈出群迷徑〉，「拋名棄利樂清虛，萬幻諸緣盡剪除。性海〔註50〕波澄舟到岸，一輪皎月出雲衢。」〔註51〕首句之拋與棄乃近義，以抽換詞面之修辭言拋棄名利，樂於清淨虛無的境界，將虛幻塵世中的因緣皆滅除。後二句藉由描繪景色，象徵內心澄澈，看透事物本質與悟道。在如大海般深廣的本質中，隨著清波粼粼乘舟到岸邊，此時圓而亮的月在高中照耀。月的明亮與圓滿型態，呼應詩題，超越眾人，脫離茫然、無明與蒙昧的狀態。

上述所舉彭耜二首、王慶升三首、李道純九首含月意象之詩，月意象之字詞運用和寫作手法，諸位弟子與白玉蟾皆有雷同之處，月具烘托意義、涉道思想與禪學思維，甚至作品是否有涵蓋月意象，皆在詩中表現不求聞達之精神。然而涉道、禪學方面，眾弟子承先啟後，別出心裁，或隨時代更迭，更傾向禪宗，甚至獨樹一格發展自己煉丹修道之思想，誠如周無所住三首詩風與白玉蟾迥然不同，不以日月借代汞鉛，替之為龍虎或直稱之，較為直截，少了白玉蟾由日常生活中之風月雲煙、詩酒花木、山川琴笛等等悟禪之意。

透過眾弟子之詩作風格、用字遣詞、修辭技巧，從師徒傳授的角度而言，弟子受其師父、師祖影響是具「可能性」的，又可見到弟子本身的格調，讓進入元代後逐漸沒落的金丹派，不致使其戛然而止在宋代，尚有一絲可究的罅隙。

〔註50〕性海，真如譬如海般深與廣。真如，真實且如常之義，諸法之體，為萬事的真實本質。丁福保編：《佛學大辭典》，台北：佛陀教育基金會，2014年，頁1480、1747。

〔註51〕元・李道純撰、柴元皋等編，《清庵瑩蟾子語錄》卷六，《正統道藏・太玄部》第四十冊，台北：新文豐出版社，1995年，頁100。

第六章　結　論

關於白玉蟾詩中月意象作品的梳理與探究，今加以總結如下：

第一章提到，意象為主客觀交融後之意識或景象呈現，因此月意象詩可簡單概括為詩人心中情感與客觀月景融合後的作品之意。

第二章談到時代背景與作者生平，宋代開國後局勢尚未穩定，因此宋代第二位皇帝——宋太宗，假借神諭，言己為天命之人，自此開始真正信奉道教。然而內憂外患之問題，在北宋中葉後日益嚴重，直至宋徽宗時期，將希望寄託於道士、方士，導致金兵入京，北宋結束，首都由汴梁（今河南省）南移至臨安（今浙江省），開啟南宋王朝。南宋末時期，雖然道士地位下降，但師承陳楠的白玉蟾曾幾度被朝廷注意，胸懷天下事的他，最終因小人讒言，而未被重用，從此一心向道，將南宗發揚光大。除了完善教義，更建立教團據點——靖，以便門人舉行齋醮儀式和宣揚南宗。

關於白玉蟾生卒年，後人研究不外乎生於紹興甲寅年（1134）或紹熙甲寅年（1194）；卒於紹定己丑年（1229）或以後。而筆者採用彭耜、卿希泰、詹石窗之說法，認為白玉蟾生於紹熙甲寅年（1194），卒於 1284 以後或活到元初。其壽年久長，因此作品甚多，囊括詩、詞、文和書畫；特別是承於張伯端之內丹理論，精、氣、神之煉養，融攝儒、釋、道之思想，以及承於陳楠之丹法和雷法融合之義理。白玉蟾承襲二人理念，完善教義，透過煉丹與施行雷法，聚積功德和度化百姓，廣納信徒，從而成仙。

第三章，月意象詩有作者對生活有所體悟之作，借景、物抒發或憶故人、古人。著重日常生活，體現禪宗重視平時的心性修行，藉由生活讓本心透視、頓悟。又基於道士身分，不只化用李白、白居易、蘇軾等文學家之詩詞，亦涉

及老莊思想、道教典故，描繪仙境、勸世煉丹成仙、贊頌神仙和聖賢法力高深，涉道意味濃厚。兼用譬喻、誇飾、摹寫、轉化、借代等修辭，以及搭配的題材廣泛，顯現月意象的變化多端，讀來不感枯燥乏味。

又可從題詩中的地點，詩所贈予、送別等等之對象，得知白玉蟾周遊在各個道觀、佛寺之間，往來對象並不單一，有達官顯要，亦有遁世絕俗之人；有佛門禪師，亦有宮觀觀主等等，可知白玉蟾交友網絡廣闊，金丹派在此時的影響不容小覷。

第四章，對月意象字詞進行分類，由數量可知象徵圓滿、明亮、美好和襯托事物的明圓型態，為最大宗。透露月作為自然客觀景物，結合詩人在世界中所感知之主觀情意，多為自然而灑脫。亦有移情於明月之作，對月感懷惆悵，而缺暗孤冷之月，多為闡發思念故人和友人之情。其次為煉丹修道之月，月或為煉丹器具、藥材和烘托釋、道術語、襯托神仙或聖賢，如偃月爐、月團、月女、月佩等等。再次為透露時間變化之月，如三更月、明月夜、月落、秋月等等。月意象型態鮮明，同時顯露時間與空間感，卻基於時序限制，於詩作中發揮空間不多，數量較少。具神話典故之月，數量最少，但象徵長生、誕生、繁衍、凋零、死亡，蘊含人間不過百年，勸戒世人應當煉丹成仙之意味。

第五章白玉蟾月意象詩作的價值及其弟子相關詩作之傳承，據蕭天石、朱權、林桂之序跋、任繼愈《中國道教史》、詹石窗《南宋金元道教文學研究》、尤玉兵〈白玉蟾文學研究〉、趙娟〈白玉蟾道教詩詞研究〉，可知宋末至近代人士對於白玉蟾詩、詞、文之價值評論。因此本論文分析月意象之文學價值有三，增加白玉蟾著作之主題研究方向；涉及道教術語，擴大文學中月意象範疇；以微觀角度共感白玉蟾融會在月意象中的情意。

又，爬梳白玉蟾嫡傳弟子與再傳弟子傳承情況，並初步探析彭耜、王慶升、周無所住、李道純之詩作，整理門徒與白玉蟾詩，風格之雷同和迥異處，同於安於淡泊的心態、自然快活的詩風、釋道融合之哲理；異於寫作技巧的運用、具有獨特色彩的詩風、承先啟後的個人思維。突顯白玉蟾詩中月意象，融攝禪宗和道教的意識形態，將心中蘊含之情感、神話、宗教的主觀意象，和明暗圓缺的月、風霧煙雲、花木山川、鳥禽走獸的自然客觀意象結合，弟子傳承之具有可能性。

月意象乃主題式研究，只研究符合主題之詩作，不在主題範疇內的詩作便將之剔除，由月意象詩占白玉蟾總詩作約三分之一的數量而言，數量頗豐，有

四百三十六首，可見詩人對月情有獨鐘，讓筆者得以透過詩中的「月」瞭解詩人心中對其印象。本論文亦分析白玉蟾在詩作中的修辭技巧與典故運用，在道教文學研究中，突顯文學價值。月不再只是客觀景象，而是詩人主觀情意中的寄託，烘托建築、絲竹、書畫、人像、仙境等等；象徵團圓、離散、藥材、丹爐、神仙等等；蘊含儒家、禪宗、道家思想。藉由白玉蟾在詩作中，運用月意象的多樣變化，以文學為載體，使修道更富有情懷，傳承金丹派思想，有助於南宗教團之壯大。

參考文獻

一、專書（按朝代及作者姓氏筆畫遞增排序）

1. 晉・皇甫謐，《文津閣四庫全書・史部・傳記類・高士傳・龐公》四四六卷，台北：商務印書館，2007 年。

2. 晉・郭象，《莊子注》，台北：藝文印書館，2007 年。

3. 晉・葛洪，《西京雜記・畫工棄市》，台北：地球出版社，1994 年。

4. 宋・王慶升，《爰清子至命篇》，《正統道藏・太玄部》第四十冊，台北：新文豐出版社，1995 年。

5. 宋・白玉蟾著、朱逸輝校注，《〈白玉蟾全集〉校注本》，海口：海南出版社，2004 年。

6. 宋・白玉蟾著、蓋建民輯校，《白玉蟾詩集新編》，北京：社會科學文獻出版社，2013 年。

7. 宋・白玉蟾著、蕭天石主編，《白玉蟾全集》上下冊，台北：自由出版社，2019 年。

8. 宋・李昉，《太平御覽》，北京：中華書局，1998 年。

9. 宋・李昉，《太平廣記》卷四七五，《文津閣四庫全書》卷一零五零，北京：商務印書館，2006 年。

10. 宋・周無所住，《金丹直指》，《正統道藏・太玄部》第四十冊，台北：新文豐出版社，1995 年。

11. 宋・普濟，《五燈會元・青原下十四世・淨慈慧暉禪師》中、下冊，台北：文津出版社，1991 年。

12. 元・李道純撰、柴元皋等編,《清庵瑩蟾子語錄》,《正統道藏・太玄部》第四十冊,台北:新文豐出版社,1995 年。

13. 元・趙道一,《歷世真仙體道通鑒》卷四九,《正統道藏・洞真部・傳記類》第八冊,台北:新文豐出版社,1988 年。

14. 丁福保編,《佛學大辭典》,台北:佛陀教育基金會,2014 年。

15. 大藏經刊行會編,《大正新修大藏經・無門關卷一・州勘庵主》卷四八,台北:新文豐出版社,1994 年。

16. 仇小屏,《篇章意象論──以古典詩詞為考察範圍》,台北:萬卷樓,2006 年。

17. 方豪,《宋史》,台北:華岡出版社,1979 年。

18. 王孝廉,〈西王母與周穆王〉,《中國神話與傳說學術研討會論文集》,台北:漢學研究中心,1996 年。

19. 王雲五主編,陳鼓應註譯,《老子今註今譯及評介》,台北:台灣商務印書館,2014 年。

20. 任繼愈,《中國道教史》,上海:上海人民出版社,1997 年。

21. 佛光大藏經編修委員會主編,《佛光大藏經・禪藏・史傳部・嘉泰普燈錄・應化聖賢・呂巖真人》卷二四,高雄:佛光出版社,1994 年。

22. 呂微,《神話何為:神聖敘事的傳承與闡釋》,北京:社會科學文獻出版社,2001 年。

23. 胡孚琛主編,《中華道教大辭典》,北京:中國社會科學版社,1995 年。

24. 卿希泰編,《中國道教史》卷三,成都:四川人民出版社,1996 年。

25. 袁行霈,《中國文學史》上冊,台北:五南,2011 年。

26. 袁行霈,《中國詩歌藝術研究》,北京:北京大學出版社,2009 年。

27. 商務印書館編審部編,《辭源》,台北:商務印書館,1971 年。

28. 張元濟主編,《四部叢刊》,台北:商務印書館,2011 年。

29. 郭預衡編,《中國古代文學史長編（宋遼金）》,北京:首都師範大學出版社,1992 年。

30. 陳建憲,《神話解讀》,武漢:湖北教育出版社,1997 年。

31. 陳國符,《道藏源流考》,北京:中華書局,2014 年。

32. 陳新、張安如、葉石健、吳宗海等補正,《全宋詩訂補》,河南:大象出版社,2005 年。

33. 陳滿銘，《意象學廣論》，台北：萬卷樓，2006 年。

34. 陳慶輝，《中國詩學》，台北：文史哲出版社，1993 年。

35. 陶晉生，《宋遼金元史新編》，台北：稻香出版社，2003 年。

36. 傅道彬，〈中國的月亮及其藝術象徵〉，《晚唐鐘聲——中國文化的精神原型》，北京：東方出版社，1996 年。

37. 傅璇琮等編，《全宋詩》，北京：北京大學出版社，1998 年。

38. 曾棗莊、吳洪澤編，《蘇辛詞選》，台北：三民書局，2014 年。

39. 黃永武，《中國詩學‧設計篇》，台北：巨流，1999 年。

40. 黃兆漢，《道藏丹藥異名索引》，台北：學生書局，1989 年。

41. 楊家駱編，《新唐書》下冊，台北：鼎文書局，1979 年。

42. 詹石窗，《南宋金元道教文學研究》，上海：上海文化出版社，2001 年。

43. 鈴木大拙，《禪學入門：世界禪學宗師鈴木大拙安定內心、自在生活的八堂課》，台北：時報文化，2020 年。

44. 臺靜農，《中國文學史》下冊，台北：台大出版中心。

45. 劉精誠，《中國道教史》，台北：文津出版社，1993 年。

46. 潘雨廷，《道教史發微》，上海：上海社會科學出版社，2003 年。

47. 蔡宗陽，《應用修辭學》，台北：萬卷樓，2014 年。

48. 鄧國光、曲奉先等編，《中國歷代詠月詩詞全集》，鄭州：河南文藝出版社，2003 年。

49. 謝路軍，《中國道教源流》，北京：九州出版社，2004 年。

50. 嚴雲受，《詩詞意象的魅力》，合肥：安徽教育出版社，2003 年。

二、期刊論文（按作者姓氏筆畫遞增排序）

1. 任元彬，〈宋初詩歌與禪宗〉，《復旦學報》（社會科學版），2004 年，02 期，頁 128。

2. 安君，〈雲游山水間——白玉蟾詩文意象與傳統寫意山水畫簡析〉，《陝西教育》，高教版，2013 年，04 期，頁 19。

3. 呂錫琛，〈金丹派南宗的修煉思想及其與儒釋的關係〉，《宗教哲學》，2007 年，42 期，頁 93。

4. 李玉用，〈略論兩宋時期道教南宗對儒佛思想的吸收與融會——以張伯端和白玉蟾為中心〉，《宗教哲學》，2014 年，68 期，頁 81～93。

5. 李忠達〈李道純內丹集團的儀式、口傳活動與文本編纂──以《清庵瑩蟾子語錄》為核心〉,《政大中文學報》,2020 年,33 期,頁 161～162。

6. 李興華,〈白玉蟾對金丹派南宗之影響與貢獻〉,《宗教哲學》,2020 年,92 期,頁 102～104。

7. 肖體仁,〈古代遊子詩人與月亮〉,《四川教育學院學報》,1994 年,02 期,頁 22。

8. 范靖宜、詹石窗,〈論白玉蟾「謫仙」主題詩詞的創作體驗〉,《海南大學學報》,人文社會科學版,2018 年,06 期,頁 117～124。

9. 孫燕華,〈煙霞供嘯詠,泉石淪精神──白玉蟾詩文特色散論〉,《中國道教》,2000 年,02 期,頁 36～41。

10. 陳才訓,〈嫦娥‧蟾蜍‧玉兔──月亮文化摭談〉,《汀淮論壇》,2002 年,03 期,頁 106～108。

11. 陳進國,〈古琴與修行──以宋代白玉蟾的詩文為例〉,《文化遺產》,2016 年,02 期,頁 55～67。

12. 陳瑞婷,〈淺談唐宋詩詞中月亮意象的文化意蘊〉,《克拉瑪依學刊》,2011 年,05 期,頁 60～62。

13. 陳器文,〈自月意象的嬗變論義山詩的月世界〉,《中外文學》,1976 年,02 期,頁 108～119。

14. 麻天祥,〈向來枉費推移力,今日水中自在行──宋詩中禪的理趣〉,《鄭州大學學報》(社會科學版),2005 年,04 期,頁 137。

15. 喬紅霞,〈《海瓊玉蟾先生文集》明清時期瓊州府編刻流傳考〉,《南海師範大學學報》(社會科學版),2016 年,05 期,頁 101。

16. 曾金蘭,〈白玉蟾交游論考──丹道南宗傳道對象分析〉,《世界宗教學刊》,2007 年,10 期,頁 253～276。

17. 曾金蘭,〈全真道南傳之時代考辨〉,《成大歷史學報》,2008 年,34 期,頁 36。

18. 萬志全,〈論白玉蟾詩的審美意象、意境與意趣〉,《雲南財經大學學報》,社會科學版,2011 年,05 期,頁 144～148。

19. 詹石窗,〈詩成造化寂無聲──武夷散人白玉蟾詩歌與艮背修行觀略論〉,《宗教學研究》,1997 年,03 期,頁 26～34。

20. 廖文毅,〈白玉蟾內丹與雷法之融合〉,《湖南科技學院學報》,2010 年,

01 期，頁 81～87。

21. 蓋建民，〈白玉蟾道教金丹派南宗與天師道關係新探〉，《湖南大學學報》（社會科學版），2014 年，04 期，頁 103～111。

22. 趙帝，〈論道教思想對揚無咎《逃禪詞》的影響〉，《周口師範學院學報》，2013 年，06 期，頁 10。

23. 趙紅，〈道教神仙信仰下嫦娥奔月神話演變〉，《中南民族大學學報》（人文社會科學版），2007 年，04 期，頁 165。

24. 劉國鈞，〈老子神化考略〉，《金陵學報》，1934 年，02 期，頁 24～25。

25. 劉傳新，〈高懸於中國詩壇上的月亮——中國詩歌的原型研究之二〉，《東岳論叢》，1992 年，02 期，頁 105～110。

26. 潘顯一，〈水向石邊流出冷，風從花里過來香——白玉蟾美學思想初探〉，《社會科學研究》2003 年，03 期，頁 59～65。

27. 蔡軍波，〈江山態度，風月情懷——白玉蟾美學思想研究〉，《重慶文理學院學報》，社會科學版，2015 年，01 期，頁 140～144。

28. 鄭如鈞，〈論魏晉南北朝詩「月」意象〉，《問學》，2016 年，20 期，頁 313～328。

29. 鄭慶雲，〈略論白玉蟾雷法在丹道修煉中的作用〉，《宗教學研究》，2006 年，01 期，頁 131～135。

30. 羅爭鳴，〈儒、道之間：白玉蟾的詩詞創作與心路歷程〉，《海南大學學報》，人文社會科學版，2013 年，05 期，頁 111～117。

三、學位論文（按作者姓氏筆畫遞增排序）

1. 尤玉兵，〈白玉蟾文學研究〉，廈門大學中國古代文學碩士學位論文，2009 年。

2. 方悠添，〈白玉蟾的生平事蹟和成材原因研究〉，海南師範大學歷史學碩士學位論文，2018 年 3 月。

3. 王儷蓉，〈白玉蟾謫仙與內丹思想研究〉，國立清華大學中國文學碩士學位論文，2007 年 7 月。

4. 宋巧芸，〈唐詩中月意象的情感內涵和藝術特徵〉，青島大學中國古代文學碩士學位論文，2005 年。

5. 林聆慈，〈東坡詩詞月意象研究〉，政治大學中國文學碩士學位論文，2004 年 7 月。

6. 林曉虹,〈魏晉詩歌中月意象研究〉,雲林科技大學漢學資料整理碩士學位論文,2010 年 1 月。

7. 張劍,〈月亮神話母題的象徵〉,華中師範大學中國當代文學碩士學位論文,2001 年。

8. 程惠如,〈先秦兩漢月意象詩歌研究〉,雲林科技大學漢學資料整理碩士學位論文,2008 年 1 月。

9. 黃琛雅,〈東坡詞月意象探析〉,臺灣師範大學國文學系在職進修碩士學位論文,2004 年。

10. 趙娟,〈白玉蟾道教詩詞研究〉,浙江大學中國古代文學碩士學位論文,2012 年。

11. 黎瀟宇,〈中國古典文學作品中的意象與民族文化心理──柳意象、月意象、水意象的文化解析〉,華中師範大學文藝學碩士學位論文,2007 年。

附錄一　月意象詩編號與分類

　　本表依《白玉蟾詩集新編》〔註1〕中，月意象詩先後順序之頁碼編排，簡稱甲本，輔以《〈白玉蟾全集〉校注本》〔註2〕，簡稱乙本。甲本共收錄 1254 首白玉蟾詩作，含銘、贊、頌、聯句、詩賦，不含文賦、詞，而符合本論文定義之月意象之詩作，共有 436 首，其中編號 47 為兩首，編號 301 和 350 重出，編號 323 和 410 重出，編號 351 和 408 重出，雖然詩作相同但詩題不同，因此拆開計算。

　　此附錄分析全詩之主題內容與月意象展現型態，主題內容分為四類，生活吟詠共 193 首，題贈酬寄共 122 首，煉丹修道共 151 首，神仙贊頌共 23 首；展現型態分為四類，空間結合共 221 首，時間變化共 64 首，神話典故共 33 首，涉道展現共 118 首。

編號	詩　名	句　子	主題內容	展現型態	甲本頁碼	乙本頁碼
1.	〈臨安天慶陳道士游武夷（以頌）贈之〉	七閩多山水，兩淮好風月。	題贈酬寄	空間	02	125
2.	〈妾薄命〉	妾長嗟無媒，孤影對明月。	生活吟詠	空間	03	123
3.	〈歲晚書懷〉	野空青已曠，寒月滿我衣。	生活吟詠	時間	04	126

〔註1〕宋・白玉蟾著、蓋建民輯校，《白玉蟾詩集新編》，北京：社會科學文獻出版社，2013 年。
〔註2〕宋・白玉蟾著、朱逸輝校注，《〈白玉蟾全集〉校注本》，海口：海南出版社，2004 年。

4.	〈明妃曲〉	馬蹄蹴胡塵，曉月光燦燦。	生活吟詠	空間	05	127
5.	〈長歌行〉	蓬萊雲渺渺，小有月娟娟。	煉丹修道	涉道	05	119
6.	〈秋宵辭十二章其一〉	銀河望不極，萬籟涼蕭蕭。雲花遠縹緲，月影寒寂寥。	生活吟詠	神話	07	121
7.	〈秋宵辭十二章其二〉	長天滑如紙，皓月寒如水。	生活吟詠	時間	07	121
8.	〈秋宵辭十二章其三〉	仰觀銀河月，千林散寒光。	生活吟詠	神話	07	121
9.	〈秋宵辭十二章其四〉	空山寂無人，出門但明月。	生活吟詠	空間	08	121
10.	〈秋宵辭十二章其六〉	月華明如許，秋色清可掬。	生活吟詠	空間	08	121
11.	〈秋宵辭十二章其八〉	孤月明秋空，清影跨洞門。彼美嬋娟姿，的是姮娥魂。	生活吟詠	神話	08	無
12.	〈秋宵辭十二章其十〉	吸風阻月露，照水時自憐。	生活吟詠	涉道	09	無
13.	〈述古三首其一〉	乾坤兩餅分，日月雙丸跳。	煉丹修道	涉道	10	128
14.	〈夜坐〉	月夜天飛霜，瑣窗人不寐。	生活吟詠	時間	11	129
15.	〈少年行〉	散髮抱素月，天人咸仰觀。	煉丹修道	涉道	11	124
16.	〈明月曲〉	1. 月色一何明，不堪顧孤影。 2. 莫道負明月，明月亦應知。 3. 枝頭明月好，何曾解相惱。	生活吟詠	空間	12	130
17.	〈雁〉	關山夜月寒，風雨秋天杳。	生活吟詠	時間	12	130
18.	〈西湖大醉走筆百韻〉	1. 阿彌昔吞月，誕日非指李。 2. 月色凝冰壺，桂花落金蟻。 3. 雖殊斫雪功，同一標月指。 4. 雲伴金華樓，月依玉箕觿。 5. 浮海慨槎仙，臨風喚月姊。	煉丹修道	涉道	13～16	132

19.	〈丹邱同王茶干李縣尉高會〉	竹亭天籟動，梅塢月華香。	題贈酬寄	空間	17	136
20.	〈相思〉	1. 於此明月夜，撥動相思弦。 2. 天風吹廣寒，夜露飄飛仙。	生活吟詠	神話	17	136
21.	〈江子有懷二首其二〉	一夜月許明，千里思與共。	生活吟詠	時間	20	139
22.	〈結庵〉	綠苔封曉雲，蒼藤縛夜月。	生活吟詠	時間	21	140
23.	〈明發石壁庵〉	海山冥古今，縹緲烟月瞼。	生活吟詠	神話	21	140
24.	〈題友人《月光詩集》〉	海底有明月，圓於明月輪。	題贈酬寄	空間	22	141
25.	〈贈譚倚〉	氣宇秋潭月，文章閬苑春。	題贈酬寄 煉丹修道	空間	22	141
26.	〈贈秦止齋〉	水澄秋月現，雲散春山在。	題贈酬寄 煉丹修道	時間	22	121
27.	〈瓊姬曲〉	瓊姿夜月暖，玉唾春風香。	生活吟詠	時間	22	141
28.	〈憶留紫元古意二首其二〉	暗想紫仙堂，月照雙飛鸞。	生活吟詠	空間	23	142
29.	〈寒碧〉	枝枝撐明月，葉葉起清風。	煉丹修道	空間	23	142
30.	〈戴月游西林〉	悄然無人聲，但有一林月。	生活吟詠	空間	24	143
31.	〈月庭〉	似月充其庭，謂是亦良非。 乃知可怜宵，誠與姮娥期。	煉丹修道	神話	25	144
32.	〈題三山天慶觀三首（神宵吟三絕）其二〉	不見有星辰，俯視但日月。	題贈酬寄 煉丹修道	涉道	25	144
33.	〈題三山天慶觀三首（神宵吟三絕）其三〉	寶爐烹日月，鐵石鞭雷霆。	題贈酬寄 煉丹修道	涉道	25	144
34.	〈鶴林賞蓮〉	天飛明月英，夜浴白蓮花。	煉丹修道	涉道	26	145
35.	〈秋風變〉	不堪酒醒時，月下與風前。	生活吟詠	空間	27	146
36.	〈夜闌〉	1. 試問今宵月，今夕何爽約？ 2. 蟾吞不夜天，兔搗長生藥。否則廣寒君，尚或事梳掠。如何二鼓去，桂影更不作。	生活吟詠	神話	27	146

37.	〈定齋為楊和甫賦〉	1. 水澄秋月現，雲散春山出。 2. 不如窗間雲，不如屋角月。	煉丹修道	時間	27	147
38.	〈蒼瓊軒〉	飲到月華落，醉倒洞之下。	生活吟詠	時間	28	148
39.	〈贈李道士謁仙行〉	1. 蓬萊空夜月，琪樹不秋風。 2. 坐斷壺山景，杖頭風月濃。	題贈酬寄 煉丹修道	涉道	28	123
40.	〈妾薄命（有感故先師而作）〉	月明燕子樓，風清荷花館。	生活吟詠	空間	29	123
41.	〈白蓮詩〉	1. 波底水晶空，化出玉姮娥。 2. 寄語明月樓，莫貯雙飛燕。	生活吟詠	神話	30	117
42.	〈古別離五首其一〉	早被東皇知，占斷西湖月。	題贈酬寄 煉丹修道	涉道	30	148
43.	〈贈潘高士二首其二〉	龍虎戰百六，烏兔交七九。	題贈酬寄 煉丹修道	涉道	32	無
44.	〈煉丹不成〉	八兩日月精，半斤雲霧屑。	煉丹修道	涉道	32	117
45.	〈金液大還丹〉	烏兔乾坤鼎，龜蛇復姤壇。	煉丹修道	涉道	33	118
46.	〈題丹晟（晨）書院壁〉	秋桂月中藏影，冬梅雪裡飄香。	題贈酬寄	時間	33	183
47.	〈冬夜岩居二首〉	其一： 中酒梅花月夜，懷人松籟霜天。 其二： 孤澗月華明水，半簾梅影香風。	生活吟詠	時間 空間	33	183
48.	〈紅岩感懷四首其一〉	雨霽兮雪飛，半夜無人兮倚欄，明月兮空山。	生活吟詠	空間	36	209
49.	〈梧州江上夜行〉	草身螢聚渾成燐，月暗鶴飛惟有聲。	生活吟詠	空間	37	210
50.	〈有贈〉	斷蕊殘英尚未衰，月明人立黃昏柳。	題贈酬寄	空間	37	210

51.	〈孤鴻曲〉	得非往者失塤箎，雲情月思哀獨歸。	生活吟詠	空間	38	211
52.	〈公無渡河〉	又不見，鶴飲瑤池月，露泣龜臺花。	生活吟詠	涉道	39	119
53.	〈聽猿〉	夜深月白風籟寒，聽此忽然毛骨換。	生活吟詠	時間	39	211
54.	〈挹爽〉	曉來軒窗敞且明，風櫺月牖一壺冰。	生活吟詠	空間	39	203
55.	〈希夷堂〉	昨夜琴心三疊後，一堂風冷月娟娟。	煉丹修道	涉道	39	212
56.	〈清夜詞十首之一〉	北風兮吹我衣，梅花下兮明月來幾時。	煉丹修道	涉道	41	213
57.	〈清夜詞十首之二〉	月明兮星稀，烟漠漠兮風悲。	煉丹修道	涉道	41	213
58.	〈清夜詞十首之三〉	微雲兮淡月，萬籟靜兮猿啼。	煉丹修道	涉道	41	213
59.	〈清夜詞十首之四〉	望清都兮鶴未還，明月兮空山。	煉丹修道	涉道	41	213
60.	〈清夜詞十首之六〉	橙黃兮橘綠，湛霧飛兮夜月寒。	煉丹修道	涉道	41	213
61.	〈清夜詞十首之九〉	朝罷兮歸來，天邊兮月一鉤。	煉丹修道	涉道	41	213
62.	〈立秋有懷陳上舍〉	來宵無雨必好月，一樽還要與君同。	生活吟詠	空間	43	243 七言律
63.	〈題三清殿後壁〉	夜來月影掛梧桐，莓苔滿地綠溶溶（容容）。	題贈酬寄煉丹修道	空間	44	188
64.	〈題丹樞先生草庵〉	1. 幸有白雲深處茅，更兼明月壇前竹。 2. 窗前明月千年影，枕上清風萬劫聲。	題贈酬寄	空間	44～45	188
65.	〈贈郭承務蘆雁〉	雲寒月淡西塞秋，幾聲凄切惹人愁。	題贈酬寄	空間	46	191

66.	〈純陽會〉	1. 洞賓弄巧翻成拙，蓬萊路上空明月。 2. 有人要問飛升事，只看天邊日月輪。	煉丹修道	涉道	47～48	192
67.	〈贈城西謝知堂時通〉	1. 偃月爐中煮天地，煎煉日魄併月髓。 2. 夏月梅花冬月電，似此伎倆問呂鍾。	題贈酬寄 煉丹修道	涉道	48	193
68.	〈山月軒〉	1. 瀲灩金盤掛寒巘，嬋娟玉鏡沉清溪。風前松竹盡起舞，嫦娥徘迴不歸去。人在廣寒天在水，滿天星斗知何處？ 2. 幽人為我鳴瑤琴，山前月下千古心。不知明月幾圓缺，只有青山無古今。	煉丹修道	神話	50～51	217
69.	〈杜鵑行〉	啼盡天涯夕陽影，又向空中啼月明。	生活吟詠	空間	51	218
70.	〈友人陳栢得楊補之三昧，賞之以詩〉	1. 梅花不瘦是月瘦，月下徘徊孤影峭。 2. 水清偏見梅花骨，筆下一溪寒浸月。 3. 月瘦偏見梅花真，筆下蟾蜍弄早春。 4. 繁處不繁簡處簡，雪迷曉色月迷晚。	題贈酬寄	空間	52	219
71.	〈覺非居士東庵甚奇觀，玉蟾曾游其間，醉吟一篇舊風以紀之〉	一登雲外忽舒嘯，醉歸小山風月清。	煉丹修道	空間	53 54	220
72.	〈賞梅感興〉	1. 千樹梅花明如月，一天月華皎如雪。 2. 銀色世界生梅花，水晶宮中明月華。醉臥月華嚼梅蕊，滿身清影亂交加。今夕幽人換詩骨，花月即是詩衣鉢。	生活吟詠	空間	55	222

73.	〈贈陳高士琴歌〉	1. 夜深星月墮蓬山,神官不管蛟龍泣。 2. 露橋月樹風雨夕,如此杜鵑愁奈何。 3. 昏昏月色老猿啼,藹藹風光新燕語。 4. 又嘗飛過廣寒宮,一見嫦娥瓊玉容。	題贈酬寄煉丹修道	神話	55～57	222
74.	〈一覽亭〉	嘯詠太空歌一曲,風吼千林月華白。	生活吟詠	空間	58	201
75.	〈飛仙吟送張道士、留紫元〉	夜騎玉鰲採明月,蕊殿瑤臺寒徹骨。	題贈酬寄煉丹修道	涉道	58	197
76.	〈悲秋辭〉	1. 此心寥寥秋夜月,孤光散入寒光闊。 2. 夜深月落無人知,江上漁翁空網撒。	生活吟詠	時間	60～61	204
77.	〈題歐陽氏山水後〉	1. 沙寒石瘦木葉落,一鉤淡月照黃昏。 2. 花紅草綠山水靜,獨步亭前秋月明。	題贈酬寄	時間	61	225
78.	〈永洲花月樓〉	1. 春風夜飛朝月檥,檥月司花月供職。月落千嬌百媚叢,諸花為月妍為容。樓東月照樓西皎,樓西月向樓東笑。月與花戲天中流,花與月浴江中浮。月皆不管春風怒,花為月歌為月舞。 2. 出有入無多變異,花竟不曉月之意。江花惱天天花愁,東樓月掩西樓羞。花亦自睡花自醉,月倦欲歸歸未至。卻緣曉鐘呼月回,月回花醒花不知。	生活吟詠	空間	62	205
79.	〈燕岩行〉	夜來月影滿空山,石鐘一響生秋寒。	生活吟詠	空間	62	196
80.	〈臥雲庵醉後〉	瑤月影松天靜淡,琅風韻竹夜蕭森。	生活吟詠	空間	63	226

81.	〈將進酒〉	姑射真人注寶雪，廣寒仙子行金波。	煉丹修道	神話	63	226
82.	〈贈琴客陸元章〉	起來搔手撫一闋，吟罷滿山秋月明。	題贈酬寄	空間	64	227
83.	〈聞鶴嘆〉	曉雲暗淡但欲暝，夜月凄涼那得眠。	煉丹修道	時間	65	206
84.	〈道過成蹊庵，偶成舊風一篇〉	吐含風月一壺酒，拈弄溪山萬首詩。	煉丹修道	空間	66	228
85.	〈琵琶行〉	1. 檣鳥驚起水鷗睡，繞船明月夜徘徊。謫官江左秋風慘，江上黃昏月黯黯。 2. 花落色衰婚舶客，獨守孤舟伴月明。 3. 訴盡平生雲雨心，盡是春花秋月語。 4. 江花江草廬山下，春江花朝秋月夜。 5. 當時風月亦有情，為伊翻作琵琶行。 6. 柿葉翻紅楓葉黃，荒烟壓蓬月墮檣。 7. 九江風月嗟無主，孤月依然幾今古。	生活吟詠	時間	67〜68	229
86.	〈酌月亭〉	夜深花前月落酒，花前舉酒月在手。一杯咽下月一團，并把青天都吸了。酒臥詩腸猶醺醺，月乃渺渺深入雲。從知我醉認不真，所咽（只是）兔魄蟾蜍精。天又領月杯中走，月還把天杯中攪。	煉丹修道	涉道	69	231
87.	〈觀魚歌〉	1. 漁者歸舟載月明，一聲雷震桃花浪。 2. 釣臺千古松風寒，渭水一竿霜月白。	煉丹修道	涉道	69	206
88.	〈問月台蘇竹莊同賦〉	1. 留天且莫放天歸，問天明月來幾時？青天推月上雲表，使我對月自問之。試問月中玉妃子，人言羿妻無乃是。	煉丹修道	神話	70	231

		2. 吳剛執斧胡不休，玉兔銀蟾猶更留。				
		3. 至今天上弄銀盤，依舊萬星攢碧落。但見一輪月在天，如何千江千月圓。月還似水水似月，千眼所見皆同然。今方得月為詩侶，月亦有情但無語。延月不久月竟歸，我欲乘風游玉宇。				
89.	〈題諸葛繡香園〉	曉來泣烟枝上猿，夜靜吠月花間犬。	題贈酬寄	空間	71	207
90.	〈麻姑山（行）〉	瑤林猿嘯春坡月，玉淵蛟舞秋崖雪。	生活吟詠	涉道	72	232
91.	〈常山道中〉	行人路上暗回首，月下獨對溪頭沙。	生活吟詠	空間	73	232
92.	〈久旱得雨，晚涼得月，奉似鶴林〉	四方萬里共明月，五岳六輔生涼颸。	題贈酬寄 煉丹修道	空間	73	233
93.	〈行路難寄紫元〉	天河未翻月未落，夜長如年引春酌。	題贈酬寄	時間	74	234
94.	〈懷仙吟二首其二〉	臨風對月但無言，無言即是懷仙處。	煉丹修道	涉道	75	234
95.	〈夜漫漫〉	清猿嘯夜月朦朧，木客暗吟凄愴意。	生活吟詠	時間	75	234
96.	〈周唐輔仙居莊作〉	夜來飲到姮娥去，笙鶴響空人不知。	生活吟詠	神話	75	234
97.	〈贈周龐齋居士〉	我知居士神仙人，蓬萊路上空月明。	題贈酬寄 煉丹修道	涉道	76	236
98.	〈贈玉龍王直歲游武當山〉	杖頭挑月過瀟湘，千岩萬壑綠烟起。	題贈酬寄 煉丹修道	涉道	77	236
99.	〈題劉心月（弔劉心月）〉	1. 月明尋之不知處，尚自哀猿聲不住。	題贈酬寄	空間	77	237
		2. 李白騎鯨去捉月，知章水底眠霜雪。				
100.	〈送珊上座歸育王〉	拄杖挑起空中雲，鉢盂漉上波心月。	題贈酬寄	空間	79	238

101.	〈端午述懷〉	夜半蟾蜍落丹井，琪林深鎖寒烟暝。	煉丹修道	涉道	79	194
102.	〈仙岩行〉	天欲夕陽空鳴蟬，夜深嶺月向誰圓？	煉丹修道	空間	80	195
103.	〈短歌行〉	四海交游不易得，一州雲月聊相津。	生活吟詠	空間	81	238
104.	〈琴歌〉	1. 月華飛下海棠枝，樓頭春風鼓角悲。 2. 凄涼孤月照梧桐，斷續夜雨鳴芭蕉。	煉丹修道	空間	81～82	239
105.	〈拙庵〉	身居星弁霞裾上，心在烟都月府中。	生活吟詠	神話	83	203
106.	〈贈趙琴士鳴弦（聽趙琴士鳴弦）〉	1. 煉師兩鬢東風黑，紺天不留月光白。 2. 彈盡天涯夕陽影，又向山中彈月明。	題贈酬寄	空間	83	197
107.	〈贈蓬壺丁高士琴〉	1. 笑思古今一俯仰，彈到千山月落時。 2. 琴中日月何修閒，肯使事逐孤鴻渡。	題贈酬寄	時間	86	199
108.	〈南岳九真歌題壽寧沖和閣〉	施友燦然索天笑，露冷松寒月華皎。	題贈酬寄 煉丹修道	空間	86	407
109.	〈題清勝軒（再題清勝軒）〉	1. 眉毛掀起溪上雲，眼光燦破峰頭月。 2. 月冷風清白鶴唳，寶旛飛霞繞玉壺。	題贈酬寄 煉丹修道	涉道	87	186
110.	〈仙岩金仙閣〉	木魚喚粥蝴蝶醒，岩頭殘月沉丹井。	煉丹修道	涉道	88	187
111.	〈雲游歌二首其一〉	又思草里臥嚴霜，月照蒼苔落葉黃。	煉丹修道	空間	89～90	410
112.	〈雲游歌二首其二〉	1. 又記得，青城秋月夜，獨自松陰下。 2. 紙錢雨未干，白楊風瀟瀟，荒臺月盈盈。 3. 又記得，幾年霜天臥荒草，幾夜月明自絕倒。	煉丹修道	空間	90～91	410

113.	〈(廬山)快活歌二首(贈道士陳知白)其一〉	1. 又似寒蟬吸曉風，又如老蚌含秋月。 2. 絳宮炎炎偃月爐，靈台寂寂大元壇（太玄壇）。 3. 精神來往如潮候，氣血盈虛似月魂。 4. 日中自有金烏飛，夜夜三更入廣寒。	煉丹修道 題贈酬寄	涉道	92～94	414
114.	〈(廬山)快活歌二首(贈道士陳知白)其二〉	溪山魚鳥恁逍遙，風月林泉供笑傲。	煉丹修道 題贈酬寄	空間	96	414
115.	〈必竟凴地歌〉	竭爾行持三兩日，天地日月軟如綿。	煉丹修道	涉道	97	420
116.	〈安分歌〉	依前守取三腳鐺，且把清風明月煮。	煉丹修道	涉道	98	421
117.	〈茶歌〉	捏作月團三百片，火候調勻文與武。	煉丹修道	涉道	99	422
118.	〈大道歌〉	1. 烏飛金，兔走玉，三界一粒粟。 2. 九天高處風月冷，神仙肚裡無閒愁。	煉丹修道	涉道	100	424
119.	〈畫中眾仙歌〉	1. 仁老胸中有雪月，畫出梅花更清絕。 2. 有時日暮鴉鳴時，烟際鐘聲催月遲。	煉丹修道	涉道	101～102	408
120.	〈祈雨歌〉	天地聾，日月瞽，人間亢旱不為雨。	煉丹修道	涉道	102	425
121.	〈武夷歌〉	月浸觀音石兮，恍有金身現普陀。	煉丹修道	涉道	103	426
122.	〈西林入室歌〉	三業三毒雲去來，六根六塵月綽約。	煉丹修道	涉道	104	428
123.	〈萬法歸一歌〉	1. 日魂月魄空呼吸，到底方知入道難。 2. 雙眼遙思運頂門，戲言日月照崑崙。 3. 捉住龜蛇歸兩手，山中玉兔化金鴉。 4. 遍體渾如一片瓊，寒蟾光照玉壺冰。	煉丹修道	涉道	105～107	429

124.	〈白雲庵〉	霽月成相約，涼風解見知。	生活吟詠	空間	108	152
125.	〈順昌即事〉	乾坤春甕闊，風月夜樓深。	生活吟詠	空間	109	152
126.	〈即事寄紫元〉	往事風吹帽，良宵月掛簪。	題贈酬寄	空間	109	153
127.	〈五更解醒梅竹之間徘（俳）體〉	山情憐淡坐，月色笑孤斟。	生活吟詠	空間	109	153
128.	〈雲霄庵會宿〉	月出星轉闊，雲行山似忙。	生活吟詠	時間	109	155
129.	〈秋夜〉	清風千里夢，明月一聲砧。	生活吟詠	空間	109	156
130.	〈博羅縣驛〉	虎嘯月生海，猿啼風撼山。	生活吟詠	空間	110	156
131.	〈景泰晚眺〉	天空杉月冷，鶴夢幾回醒。	生活吟詠	空間	110	152
132.	〈十月十四夜〉	月透詩情冷，風吹醉面涼。	生活吟詠	空間	110	156
133.	〈有懷〉	明珠懷夜月，孤劍匣秋霜。	生活吟詠	時間	112	158
134.	〈感物〉	月生看柳瘦，風起笑花瘋。	煉丹修道	空間	112	158
135.	〈月窗寫悶〉	不分庭前柳，長啼月下烏。	生活吟詠	空間	112	158
136.	〈泰定庵〉	猿啼廬阜月，雁叫洞庭霜。	煉丹修道	涉道	113	159
137.	〈泊頭圓照堂〉	此心如水月，結屋老烟霞。	煉丹修道	空間	114	153
138.	〈梅窗〉	霜天酒自暖，月夜夢難成。	生活吟詠	時間	114	150
139.	〈張進甫靜寮〉	風月真滋味，溪山舊面緣。	生活吟詠	空間	114	151
140.	〈立秋有感〉	流年急似箭，日月跳如丸。	生活吟詠	時間	115	151
141.	〈靖通庵〉	鑿開風月長生地，占斷烟霞不老身。	生活吟詠	涉道	116	251
142.	〈贈慵庵盧副官〉	要攜琴去彈秋月，且掇棋來著晚風。	題贈酬寄	時間	117	247
143.	〈天谷庵〉	夾道新松招夜月，滿林幽竹喚秋風。	生活吟詠	時間	117	247
144.	〈怡齋〉	夜深冷月寒蓬戶，曉起清風爽楮衾。	生活吟詠	時間	117	246
145.	〈甲申閏月五日聞嘉定皇帝升遐（挽歌）〉	一鉤桂月千林黲，半夜松風萬壑哀。	生活吟詠	空間	119	254
146.	〈武昌懷古十詠——黃鶴樓〉	笛聲吹斷秋江黲，月影飛來夜漏稀。	生活吟詠	空間	119	262
147.	〈武昌懷古十詠——奇章臺〉	偃月堂中人用事，牛家僧儒得稱賢。	生活吟詠	空間	120	262

148.	〈武昌懷古十詠——鸚鵡洲〉	鶴在雞群懷月露，豹將虎變欠風雲。	煉丹修道	空間	120	262
149.	〈次韻宋秀才〉	晝弄朱曦夜弄蟾，知他何處地行仙？	題贈酬寄煉丹修道	涉道	121	268
150.	〈暑夕有懷〉	更漏有無風逆順，紙窗明暗月高低。	生活吟詠	空間	121	269
151.	〈藍琴士贈梅竹酬以詩〉	今宵松殿相期會，彈到西山月落時。	題贈酬寄	時間	122	269
152.	〈步虛（奏章歸）〉	烟鎖崑崙山上頂（山頂上），月明娑竭海中心。	煉丹修道	涉道	122	269
153.	〈月岩〉	素娥飛下碧霄間，別館嵌空萬仞寒。不是高懸青玉玦，直疑斜捧爛銀盤。雲根撲朔兔相似，灌木參差桂一般。	煉丹修道	神話	124	271
154.	〈席上偶成呈主簿兄〉	春城烟鎖南臺暮，兩地襟情片月孤。	題贈酬寄	空間	124	265
155.	〈題迎仙堂〉	隨身風月長為伴，到處溪山總是家。	題贈酬寄煉丹修道	空間	125	255
156.	〈題余府浮香亭〉	玉萍掩映壺中月，錦鯉浮沉鏡裡天。	題贈酬寄	涉道	125	272
157.	〈題棲雲堂〉	中有元機人不會，清風明月兩丸丹。	題贈酬寄煉丹修道	涉道	126	265
158.	〈契妙〉	一從契得虛無妙，明月清風是我鄰。	煉丹修道	涉道	126	273
159.	〈玉壺軒〉	清風吹鶴梧桐曉，明月啼猿楊柳春。	煉丹修道	空間	126	273
160.	〈悠然堂〉	烟閣曉垂天幕靜，風簾夜上月鉤新。	生活吟詠	空間	126	273
161.	〈翠麓即事〉	烟迷洞口苔三徑，風吼松梢月一痕。	生活吟詠	空間	127	274
162.	〈題天開圖畫〉	雲散遠山元（原）不斷，池成明月自然來。	題贈酬寄	空間	127	216
163.	〈次李侍郎見贈韻〉	1. 明月清風為活計，蓬頭跣足走寰區。 2. 要識我儂真面目，廣寒宮裡看蟾蜍。	題贈酬寄	神話	128	275

164.	〈題淨明軒〉	1. 淨几明窗興味濃，老僧心下萬緣空。 2. 些子溪山藏夜月，無邊花柳惱春風。	題贈酬寄	時間	128	275
165.	〈華陽堂、會雲堂二詠——華陽堂〉	撥過溪山供醉眼，斬新風月入詩懷。	煉丹修道	空間	128	275
166.	〈華陽堂、會雲堂二詠——會雲堂〉	鐵笛橫吹滄海月，紙袍包盡洞天春。	煉丹修道	空間	129	275
167.	〈陪莊歲寒夜坐小酌〉	坐把詩吟中夜月，笑將酒灑一窗風。	題贈酬寄	時間	129	276
168.	〈悲秋〉	碧水映天天映水，淡雲如幕月如鉤。	生活吟詠	空間	129	276
169.	〈陪王仙卿登樓〉	遣懷把酒自酌月，無事捲簾常看山。	題贈酬寄	空間	130	277
170.	〈贈夏知觀〉	未還風月烟霞債，又主香燈粥飯勞。	題贈酬寄	空間	131	278
171.	〈張子衍為至德鄂沖真求詩〉	雪覆高低春玉樹，月明表裡夜冰壺。	題贈酬寄	空間	131	265
172.	〈羅適軒淨明軒〉	明如雪夜潭心月，靜似春天雨後山。	煉丹修道	涉道	131	256
173.	〈泛舟松江〉	醉熟不知天遠近，夢回但見月嬋娟。	生活吟詠	空間	132	278
174.	〈題筆架山積翠樓〉	雲粘暮色月華濕，樹顫秋聲天籟寒。	題贈酬寄	空間	132	279
175.	〈賦梅奉呈陳大博〉	月橫瘦影池塘淺，風遞微香院落深。	題贈酬寄	空間	133	280
176.	〈秋日有懷〉	晴烟染樹看何足，缺月梳雲狀不如。	生活吟詠	空間	134	281
177.	〈舟行適興〉	篙頭點水月破碎，雲腳行天星有無。	生活吟詠	空間	134	266
178.	〈夏夜宿水館〉	千里清風孤館夢，一輪明月故人心。	生活吟詠	空間	135	281
179.	〈游山〉	千尺雲崖春上蘚，幾重月樹夜啼猿。	生活吟詠	空間	135	無
180.	〈別李仁甫〉	明朝拄杖知何處？猿叫千山月滿湖。	題贈酬寄	空間	135	無

181.	〈俞樓〉	十二欄杆秋月明，謫仙曾此宴飛瓊。	生活吟詠	時間	135	無
182.	〈贈樗野〉	微白一鈎天外月，淡青數點海邊山。	題贈酬寄	空間	136	無
183.	〈大都督制侍方岩先生召彭白飲於州治之春野亭，因和蘇子美韻〉	夕陽花木丹青活，烟月山林水墨昏。	題贈酬寄	空間	136	266
184.	〈梅花〉	月夜一枝香暗度，溪流數點影橫陳。	生活吟詠	時間	137	無
185.	〈賦月同鶴林酌別奉似紫瓊友〉	婀娜姮娥處玉宮，秋來梳洗越當空。應知人不能如月，月且團圓月月（半月）逢。	題贈酬寄	神話	138	267
186.	〈題華岩寺〉	儂家自有修行處，夜夜丹爐煉月明。	題贈酬寄煉丹修道	涉道	139	282
187.	〈草廬〉	臥龍夢破隆中月，列雁轟開蜀口雲。	生活吟詠	空間	139	282
188.	〈夜宿太清悟真成道宮〉	醉椅玉欄弄明月，嗟嗟身世等萍蓬。	煉丹修道	涉道	139	283
189.	〈栩庵以冰字韻求大風詩口占〉	掀開雲幕飛蒼絮，推出蟾輪碾素璠。	題贈酬寄	神話	140	283
190.	〈舟行西湖贈諸友〉	雲岩月岫今何處？一聽猿聲一愴神。	題贈酬寄	空間	140	267
191.	〈悟空寺〉	曉殿冷凝山色重，夜樓闊占月華多。	生活吟詠	空間	140	259
192.	〈梅花二首寄呈彭吏部其一〉	惟三更月其知己，此一瓣香專為春。	題贈酬寄	時間	141	268
193.	〈梅花二首寄呈彭吏部其二〉	以月照之偏自瘦，無人知處忽然香。	題贈酬寄	空間	141	268
194.	〈有贈〉	三千年裡桃初實，十二樓前月正圓。	題贈酬寄煉丹修道	涉道	141	268
195.	〈黃岩舟中〉	滿船明月浸虛空，綠淨無痕夜氣濃。	生活吟詠	空間	142	259
196.	〈玉壺睡起〉	月色似催人起早，泉聲不放客眠安。	煉丹修道	空間	142	259

197.	〈謁鵝湖大義禪師〉	滿湖春水浸明月，一帶晚山橫彩霞。	題贈酬寄	空間	143	285
198.	〈醉裡〉	竹月光中詩世界，松風影裡酒生涯。	煉丹修道	空間	143	260
199.	〈寄泉州侍郎〉	昨夜樂邱殘夢覺，窗前明月照鶉衣。	題贈酬寄	空間	143	285
200.	〈草亭偶書〉	琴彈十二欄杆月，酒洗三千世界秋。	煉丹修道	空間	145	287
201.	〈留別鶴林諸友〉	千林涼葉顫秋聲，前庭後庭新月明。	題贈酬寄	空間	145	288
202.	〈夢中得五十六字〉	澗邊幾葉晚花落，天際一鈎明月彎。	生活吟詠	空間	147	243
203.	〈謁雩都靈濟大師〉	殷勤琢雪雕冰語，懺悔嘲風弄月愆。	題贈酬寄	空間	147	288
204.	〈早秋諸友真率相聚〉	兌支一霎風來享，恭送三更月與眠。	煉丹修道	時間	147	289
205.	〈春日遣興〉	蝴蝶夢殘天拂曉，杜鵑聲斷月黃昏。	生活吟詠	時間	149	291
206.	〈春日即事〉	微雨績天烟織雪，寒風簸水月篩梅。	生活吟詠	空間	150	291
207.	〈和葉宰韻題無咎齋〉	乾坤所謂日月祖，坎離乃是天地精。	題贈酬寄煉丹修道	涉道	151	242
208.	〈胡子嬴庵中偶題〉	白玉樓前空夜月，黃金（紫金）殿上起春烟。	題贈酬寄煉丹修道	時間	151	244
209.	〈贈危法師〉	鹿冠夜戴青城月，鶴氅晨披紫府霞。	題贈酬寄煉丹修道	涉道	152	245
210.	〈燕岩游罷與岩主話別〉	玉燕不飛明月夜，石鐘一振曉霜秋。	題贈酬寄	時間	152	245
211.	〈題舒氏難老亭二首其一〉	萊衣戲彩人無恙，結盡溪山風月緣。	題贈酬寄	空間	152	245
212.	〈降真堂〉	黃雲屋角騰金輦，素月檐頭放玉梯	煉丹修道	涉道	153	247
213.	〈劣隱〉	仗三尺劍臨風舞，把一張琴對月彈。	煉丹修道	空間	153	248
214.	〈思微堂〉	月冷花開數朵靜，風清鳥過一聲孤。	煉丹修道	空間	153	248

215.	〈淡庵倪清父〉〔註3〕	薄披明月歸詩肆,細切清風入醉鄉。	生活吟詠	空間	155	250
216.	〈倪敬父柯山〉	三杯淡酒邀明月,一局殘棋驚落霞。	生活吟詠	空間	155	250
217.	〈題鐘(贊鐘)〉	敲得星飛驚落月,撞教雲破響呼風。	煉丹修道	涉道	156	251
218.	〈丹詩〉	太乙壇前偃月爐,不消柴炭及吹噓。	煉丹修道	涉道	157	256
219.	〈呈萬庵十章——歸山〉	性地靈苗思水國,心天明月掩雲關。	題贈酬寄煉丹修道	涉道	157	256
220.	〈呈萬庵十章——爐鼎〉	真空平等硃砂鼎,虛徹靈通偃月爐。	題贈酬寄煉丹修道	涉道	158	256
221.	〈呈萬庵十章——溫養〉	拾得一輪天上月,煉成萬劫屋中珍。	題贈酬寄煉丹修道	涉道	158	256
222.	〈呈萬庵十章——金丹〉	阿誰鼎內尋丹藥?枯木岩前月影斜。	題贈酬寄煉丹修道	涉道	158	256
223.	〈三華院還丹詩〉	歸蛇抱一成丹藥,烏兔凝真結聖胎。夜半瀛洲寒月落,冷風吹鶴上蓬萊。	煉丹修道	涉道	158	249
224.	〈題紫芝院〉	閒披破衲藏風月,醉把葫蘆禁鬼神。仗弄銀蟾攪天地,夜烹金鼎煮星辰。	題贈酬寄煉丹修道	涉道	158	254
225.	〈題西軒壁〉	隨身風月幾清閒,不做人間潑底官。	題贈酬寄煉丹修道	空間	160	252
226.	〈贈趙翠雲詩〉	偃月爐中烹玉蕊,硃砂鼎裡結金花。	題贈酬寄煉丹修道	涉道	160	253
227.	〈贈雷怡真寺〉	地魄天魂日月精,奪來鼎內及時烹。	題贈酬寄煉丹修道	涉道	160	253
228.	〈題清虛堂〉	月移花影來窗前,風引松聲到枕邊。	題贈酬寄煉丹修道	空間	161	240
229.	〈薄暮抵懶翁齋醉吟〉	月女冷窺青斗帳,風神輕撼碧紗窗。	煉丹修道	涉道	161	241
230.	〈題天慶觀〉	刀圭底事憑誰會,明月清風為點頭。	題贈酬寄煉丹修道	空間	162	253

〔註3〕父,乙本作「文」。

231.	〈題岳祠〉	南來一劍住（駐）三山，分得平生風月歡。	題贈酬寄煉丹修道	空間	162	254
232.	〈贈鶴林〉〔註4〕	骨氣秋江月，文章春苑花。	題贈酬寄煉丹修道	空間	163	124
233.	〈題先槎寄呈王侍制〉〔註5〕	而今性水涵孤月，休遣禪河起一漚。	題贈酬寄煉丹修道	空間	164	201
234.	〈捲雪樓〉	雁陣歸時雲似幕，風檐高處月如鉤。	生活吟詠	空間	164	無
235.	〈慵庵〉	倩風來作關門僕，借月權為伴酒人。	生活吟詠	空間	165	187
236.	〈早行〉	店遠雞聲近，月斜人影長。	生活吟詠	空間	166	165
237.	〈梅花〉	姮娥約滕六，夜半過江城。	生活吟詠	神話	166	165
238.	〈得友人書〉	書從雲外至，手把月中開。	生活吟詠	空間	167	165
239.	〈午夜〉〔註6〕	鐘聲和月落，驚起四山雲。	生活吟詠	時間	167	166
240.	〈步自玉乳峰歸二首其一〉	倚松吟半晌，月影瀉庭除。	生活吟詠	空間	167	166
241.	〈步自玉乳峰歸二首其二〉	月映山頭禿，雲迷路口叉。	生活吟詠	空間	167	166
242.	〈寶慈寺〉	殿古淄（涵）烟冷，樓空得月多。	生活吟詠	空間	168	163
243.	〈獨步〉	月淡黃茅路，烟明紅葉村。	生活吟詠	空間	168	167
244.	〈閒縱偶成〉	已具看雲眼，而生伴月心。	生活吟詠	空間	168	167
245.	〈醉吟二首其一〉	松風吹我飛，手搦空中月。	生活吟詠	涉道	170	169
246.	〈醉吟二首其二〉	醉掬山先走，行呼月後隨。	生活吟詠	空間	170	169
247.	〈感詠十解寄呈楊安撫其二〉	身如雲樣輕，心似月兮皎。	題贈酬寄煉丹修道	涉道	170	170
248.	〈感詠十解寄呈楊安撫其六〉	酒專風月權，詩欠江山債。	題贈酬寄煉丹修道	空間	170	170
249.	〈棹歌九章寄彭鶴林其二〉	何處鐘聲來？雲梢推上月。	題贈酬寄煉丹修道	空間	171	171
250.	〈棹歌九章寄彭鶴林其六〉	朝吸西風飱，夜弄明月舞。	題贈酬寄煉丹修道	涉道	171	171

〔註4〕甲本納入五言排律，乙本放入五言古詩。
〔註5〕甲本納入七言排律，乙本放入七言古詩。
〔註6〕午夜，乙本作「五夜」。

251.	〈月夜書事〉	月光流如酥，天影湛於水。	生活吟詠	空間	172	172
252.	〈晚吟二首其二〉	可憐松下路，月黑不堪行。	生活吟詠	空間	172	172
253.	〈曉晴二首其二〉	月落松方暗，花飛鳥正啼。	生活吟詠	時間	172	172
254.	〈泊舟順濟廟前〉	鶴聲明月夜，曾此繫吾船。	生活吟詠	時間	172	173
255.	〈山居〉	月落雞吹角，夜長鵝報更。	生活吟詠	時間	172	173
256.	〈山前散策〉	月影黃昏後，詩天眼界寬。	生活吟詠	空間	173	173
257.	〈有懷聶尉五首其三〉	月濕松梢露，溪鳴竹裡風。	生活吟詠	空間	173	162
258.	〈有懷聶尉五首其四〉	孤襟開皓月，往事付浮雲。	生活吟詠	空間	173	162
259.	〈徐道士水墨屏四首其四〉	霜月沉青嶂，汀鷗臥白沙。	生活吟詠	時間	173	163
260.	〈春宵有感八首其五〉	月落知何處，夜長無了時。	生活吟詠	時間	174	173
261.	〈閒吟三首其二〉	回首鳥啼夜，傷心月滿樓。	生活吟詠	空間	174	175
262.	〈閒吟三首其三〉	草連江色暝，月對夕陽明。	生活吟詠	時間	174	175
263.	〈聽琴三首其二〉	夜來宮調罷，明月滿空山。	生活吟詠	空間	175	175
264.	〈山庵曉色〉	燭影奪明月，鐘聲撞曉雲。	生活吟詠	空間	175	176
265.	〈偶作二首其一〉	露滴中宵月，松搖古谷風。	生活吟詠	時間	176	177
266.	〈飲徹〉	霜風冰硯水，山月影軒窗。	生活吟詠	空間	176	177
267.	〈山齋夜坐二首其一〉	嗅花風入鼻，掬水月浮身。	生活吟詠	空間	177	177
268.	〈山齋夜坐二首其二〉	驚夢猿三咽，窺帷月一痕。	生活吟詠	空間	177	177
269.	〈護國寺秋吟八首其五〉	竹手擎雲重，松肩荷月高。	生活吟詠	空間	177	178
270.	〈護國寺秋吟八首其六〉	犬吠月如畫，馬鳴人渡橋。	生活吟詠	空間	177	178
271.	〈護國寺秋吟八首其七〉	夢和明月冷，心與白雲飛。	生活吟詠	空間	177	178
272.	〈棘隱壁三首（題棘隱壁三絕）其二〉	忽遇金蟾蜍，無人自呵呵。	題贈酬寄	涉道	180	161
273.	〈題仙岩無塵軒〉	嶺頭猿叫罷，月落碧潭圓。	題贈酬寄 煉丹修道	時間	181	160

274.	〈秋熟〉	風揭蓮花白起，月篩桂子黃香。	生活吟詠	空間	181	185
275.	〈武夷有感十首——曉〉	風吹萬木醒棲鵲，月落西山啼斷猿。	生活吟詠	時間	182	305
276.	〈武夷有感十首——住〉	月冷風清三徑竹，猿啼鶴唳一窗雲。	生活吟詠	空間	183	305
277.	〈武夷有感十首——坐〉	千山猿叫月如畫，萬籟風號天正秋。	生活吟詠	空間	183	305
278.	〈漁舍〉	前山後山寂無人，一犬夜吠松梢月。	生活吟詠	空間	183	328
279.	〈城樓晚望〉	女墻駕月子城東，暮色初來詩興濃。	生活吟詠	空間	185	337
280.	〈仙居樓〉	金雞叫罷松風動，三十六天秋月寒。	生活吟詠	時間	186	337
281.	〈折梅二首其一〉	前臺後臺月如水，雲去雲來梅影寒。	生活吟詠	空間	186	337
282.	〈夜深〉	一晚尋思未得詩，樓前只有月相知。	生活吟詠	空間	186	338
283.	〈梧窗二首其一〉	夜半山風響翠梧，一窗皓月照琴書。	生活吟詠	空間	187	340
284.	〈早秋〉	半夜月明千籟靜，一聲猿叫萬山深。	生活吟詠	空間	188	342
285.	〈山歌三首其一〉	中秋夜月白如銀，照見東西南北人。古往今來人自老，月生月落幾番新。	生活吟詠	時間	191	335
286.	〈山歌三首其三〉	人來人去唱歌行，只道燈明不月明。月不如燈燈勝月，不消觀月但觀燈。	生活吟詠	空間	191	335
287.	〈春晚行樂四首其二〉	草迷野渡東西岸，月掛寒松上下枝。	生活吟詠	空間	191	344
288.	〈話舊〉	風露三更月一簾，共君握手不能厭。	生活吟詠	時間	192	346
289.	〈聞子規〉	如今老眼應無淚，一任聲聲到月殘。	生活吟詠	空間	192	325
290.	〈贈徐鐘頭〉	樓上疏鐘撞月明，五雲影裡一聲聲。	題贈酬寄	空間	193	346

291.	〈夏夜露坐〉	新月出來真解事，嫩蟬吟得自無聊。	生活吟詠	空間	194	347
292.	〈江亭夜坐〉	月冷松寒露滿衿，天容紺碧鶴聲沉。	生活吟詠	空間	195	350
293.	〈東山道院〉	烟月荒涼野色寒，松梢滴露夜將闌。	生活吟詠	空間	195	350
294.	〈暮色〉	江烟漠漠月昏昏，一點漁燈貼岸根。	生活吟詠	空間	195	350
295.	〈劍池〉	幾度清風明月夜，悵然無語憶張華。	生活吟詠	時間	196	352
296.	〈九曲雜詠九首——金雞岩〉	水滿寒潭渾著月，山藏空谷正吞烟。	煉丹修道	涉道	197	301
297.	〈九曲雜詠九首——鐵笛亭〉	月冷山空吹鐵笛，一聲喚起玉淵龍。	煉丹修道	涉道	197	301
298.	〈九曲棹歌十首——四曲〉	金雞叫落山頭月，淡淡寒烟颯颯風。	煉丹修道	涉道	198	303
299.	〈華陽吟三十首其十〉	移將北斗過南辰，兩手雙擎日月輪。	煉丹修道	涉道	200	309
300.	〈華陽吟三十首其十五〉	元神夜夜宿丹田，雲滿黃庭月滿天。	煉丹修道	涉道	200	309
301.	〈華陽吟三十首其十七〉	欲識目前真的處，一堂風冷月嬋娟。〔註7〕	煉丹修道	涉道	200	309
302.	〈華陽吟三十首其十八〉	忽然神水落金井，打合靈砂月樣圓。	煉丹修道	涉道	200	309
303.	〈華陽吟三十首其十九〉	雪裡有人擒玉兔，趕將明月上寒枝。	煉丹修道	神話	200	309
304.	〈華陽吟三十首其二十二〉	曹溪路上分明見，有個金烏入廣寒。	煉丹修道	神話	201	309
305.	〈華陽吟三十首其三十〉	拈弄溪山詩技巧，吐吞風月酒神通。	煉丹修道	涉道	201	309
306.	〈贈藍琴士三首其二〉	彈盡胡笳十八拍，床頭劍吼月三更。	題贈酬寄	時間	202	317
307.	〈憶西湖〉	銀月窺人夜漏沉，斷蒲疏柳忽關心。	生活吟詠	空間	203	327

〔註 7〕同編號 350，〈洞虛堂〉。

308.	〈梅花醉夢〉	鴛愁風恨不入枕，睡覺身疑在廣寒。	生活吟詠	神話	203	330
309.	〈與永興觀主梅〉	三更月影如酥白，一樹梅花似雪香。	題贈酬寄	時間	204	354
310.	〈冬夕酌月三首其一〉	半規新月滑如酥，流入清樽一吸無。 明日定知廣寒殿，姮娥失卻水晶梳。	生活吟詠	神話	205	331
311.	〈冬夕酌月三首其二〉	兔冷蟾寒桂影疏，化為霜露瀉庭除。	生活吟詠	神話	205	331
312.	〈冬夕酌月三首其三〉	枝冷鵲翻檐外影，庭空鴻墮月邊音。	生活吟詠	空間	205	331
313.	〈雪中三首其一〉	青女先將霜起早，素娥始放雪飛花。	生活吟詠	神話	205	357
314.	〈題樓風亭四首其一〉	蕭管一聲人未寢，滿林明月浸清風。	題贈酬寄	空間	206	298
315.	〈題樓風亭四首其二〉	竹也多年管風月，風兮幾夜宿雲烟。	題贈酬寄	空間	206	298
316.	〈題樓風亭四首其四〉	聲傳琴瑟風生枕，影瀉琅玕月滿庭。	題贈酬寄	空間	206	298
317.	〈中秋月〉	千崖爽氣已平分，萬里青天輾玉輪。好向錢塘江上望，相逢都是廣寒人。	生活吟詠	神話	206	321
318.	〈送林古虛歸閩〉	於今拄杖挑明月，雲滿千山何處尋？	題贈酬寄	空間	207	359
319.	〈琴〉	夜靜無雲月似銀，青霄鶴唳一傷神。	生活吟詠	空間	207	360
320.	〈天窗〉	屋頭除卻數條椽，正好臨風對月眠。	生活吟詠	空間	208	360
321.	〈曉醒追思夜來句四首其一〉	孤夢歸從偃月城，清寒人骨椅危亭。	生活吟詠	空間	209	362
322.	〈曉醒追思夜來句四首三〉	越樣月明渾不夜，各般天氣好分茶。	生活吟詠	空間	209	362
323.	〈夕眺風泉亭三首其一〉	如何今夜成無月？卻遣西風一問天。〔註8〕	生活吟詠	空間	209	363

〔註 8〕同編號410，〈游幽泉琮琤不能自己於是乎詩〉。

324.	〈風簫閣玩月四首 其一〉	一醉高寒清到骨，四無塵滓 月當空。	生活吟詠	空間	210	364
325.	〈風簫閣玩月四首 其二〉	宿枝不穩鴉飛起，照水當中 月正高。	生活吟詠	空間	210	364
326.	〈風簫閣玩月四首 其三〉	黃昏碧月溪心浴，白晝銀盤 水面飛。	生活吟詠	空間	210	364
327.	〈風簫閣玩月四首 其四〉	仰面笑天天亦咲，此心如月 月何如？	生活吟詠	空間	210	364
328.	〈栩庵同步偶成〉	枯木冷灰甘寂寞，片雲孤月 自優游。	題贈酬寄	空間	210	365
329.	〈同鄧孤舟、林片 雪二友晚吟三首其 三〉	雨過月如全趙璧，烟深山似 給秦圖。	題贈酬寄	空間	210	365
330.	〈上元玩燈二首其 一〉	柳梢掛月黃昏後，夜市張燈 白晝然。	生活吟詠	空間	210	366
331.	〈上元玩燈二首其 二〉	一輪寶月明如晝，萬斛金蓮 開滿城。	生活吟詠	空間	211	366
332.	〈寄王察院三首其 二〉	驅魔花月三千界，斷送風波 十二時。	題贈酬寄 煉丹修道	涉道	211	319
333.	〈寄王察院三首其 三〉	黃金臺迴鴛鴻集，碧玉壺深 日月長。	題贈酬寄 煉丹修道	涉道	211	319
334.	〈新正三首其一〉	九天日月開黃道，十洞烟霞 接紫清。	煉丹修道	涉道	211	367
335.	〈新正三首其二〉	九重天上星三點，萬頃波心 月一鈎。	煉丹修道	涉道	211	367
336.	〈張樓〉	綠窗朱戶如無恙，酌我百杯 秋月明。	生活吟詠	時間	211	367
337.	〈中秋〉	萬千人看中秋月，十二樓開 八面窗。	生活吟詠	時間	211	368
338.	〈對月六首其一〉	月要人窺嬌不上，風知我醉 放多吹。	生活吟詠	空間	212	368
339.	〈對月六首其二〉	醉袖舞低千嶂月，清歌遏住 九天雲。	生活吟詠	空間	212	368
340.	〈對月六首其三〉	月下飲殘千日酒，雲間吹斷 一聲簫。	生活吟詠	空間	212	368
341.	〈對月六首其四〉	坐待西風迎素月，青天笑我 獨詩癡。	生活吟詠	空間	212	368

342.	〈對月六首其五〉	風吹酒面秋情眇，月透詩腸夜味清。	生活吟詠	空間	212	368
343.	〈對月六首其六〉	山似愁眉烟畫翠，月如醉眼暈生紅。	生活吟詠	空間	212	368
344.	〈夜坐憶劉玉淵三首其一〉	花作雪飛深一寸，月隨雲上恰三更。	生活吟詠	空間	213	372
345.	〈夜坐憶劉玉淵三首其二〉	孤鴻見召聽寒角，殘月相辭過粉牆。	生活吟詠	空間	213	372
346.	〈蟋蟀二首其二〉	秋暮無聊飲不多，素空皓月舞傞傞。	生活吟詠	空間	214	373
347.	〈董雙成舊隱二首其一〉	半夜風鳴雲裡佩，乘鸞人弄月中簫。	煉丹修道	涉道	214	375
348.	〈董雙成舊隱二首其二〉	月戀梅窗呈水墨，風依竹檻奏笙竽。	煉丹修道	空間	215	375
349.	〈孤凝〉	筠皮月靜鋪金屑，仙掌雲寒砌玉花。	煉丹修道	涉道	215	376
350.	〈洞虛堂〉	要識個中端的意，一堂風冷月嬋娟。〔註9〕	煉丹修道	涉道	215	377
351.	〈奉酬臞庵李侍郎五首（並序）其二〉	淡淡著烟濃著月，深深籠水淺籠沙。〔註10〕	題贈酬寄	空間	216	378
352.	〈奉酬臞庵李侍郎五首（並序）其四〉	滿月世界琉璃光，通宵不寐據胡床。	題贈酬寄	空間	216	378
353.	〈幽居雜興三首其三〉	月來佐酒如隨喋，花自從詩各寄名。	生活吟詠	空間	217	380
354.	〈洞明軒〉	蒲團裡面真消息，猿叫千山月正圓。	生活吟詠	空間	217	381
355.	〈江口有懷二首其一〉	雲自幕天誰釘掛？月來佐酒與從容。	生活吟詠	空間	218	383
356.	〈江口有懷二首其二〉	兩地南樓今夜月，一般清皎百般思。	生活吟詠	時間	218	383
357.	〈霜夕吟月二首其一〉	霜月慰人於冷寞，溪梅挑我以清香。	生活吟詠	時間	219	386
358.	〈霜夕吟月二首其二〉	素喜半鉤西面月，生憎一箭北頭風。	生活吟詠	空間	219	386

〔註 9〕同編號301〈華陽吟三十首其十七〉。
〔註10〕同編號408〈早春〉。

359.	〈月夕書事〉	微白一鉤天外月，淡青數點海邊山。	生活吟詠	空間	219	387
360.	〈送晉上人游雁蕩〉	嶺外猿啼秋樹月，林間鶴唳曉松風。	題贈酬寄	空間	220	388
361.	〈曲肱詩二十首（先生曲肱詩）其十四〉	說與清風明月知，揚州有鶴未能騎。	煉丹修道	涉道	222	293
362.	〈曲肱詩二十首（先生曲肱詩）其十七〉	金雞叫罷無人見，月射寒光滿太虛。	煉丹修道	涉道	222	293
363.	〈題胡運千別墅二首其一〉	好鳥一聲飛過檐，清風著力送銀蟾。	題贈酬寄	神話	223	299
364.	〈上清宮方丈後亭〉	三四聲猿叫落月，六七竿竹呼起風。	生活吟詠	時間	224	321
365.	〈贈張知堂〉	清河知堂武當來，左日右月雙眼開。	題贈酬寄煉丹修道	涉道	224	323
366.	〈題潘察院竹園壁〉	滿林鴉鵲臥明月，鐵笛一聲烟正寒。	題贈酬寄	空間	225	325
367.	〈贈陳先生三首其三〉	驀地夜行見月影，水晶盤裡走明珠。	題贈酬寄	涉道	226	308
368.	〈中秋月二首其二〉	烏鵲一聲星斗落，姮娥梳洗去誰家？	生活吟詠	神話	226	321
369.	〈山居五首其二〉	猿在嶺頭聲未斷，道人月下伴雲眠。	生活吟詠	空間	227	無
370.	〈山居五首其四〉	竹風瑟瑟野猿號，月下酣眠不脫簑。	生活吟詠	空間	227	無
371.	〈山居五首其五〉	數峰明月光無盡，一洞閒雲淡不飛。	生活吟詠	空間	227	無
372.	〈晚春遣興二絕其二〉	一句杜鵑香國淚，半簾皓月故人情。	生活吟詠	空間	228	無
373.	〈山歌〉	睡了不知明月好，三更三點似金盆。	生活吟詠	空間	229	335
374.	〈次韻曾丈探梅〉	南枝暗就江頭發，一點香從月下來。	題贈酬寄	空間	230	391
375.	〈徐處士寫予真〉	心潛天地笑藏春，月珮雲衿絕一塵。	題贈酬寄煉丹修道	涉道	230	391

376.	〈題凝翠閣〉	剩把苔錢買風月，山屏低擁草氈眠。	題贈酬寄	空間	231	307
377.	〈織機〉	虛空白處做一匹，日月雙梭天外飛。	題贈酬寄	涉道	232	無
378.	〈盱江舟中聯句〉	八桂招六逸，九嶷哀兩娥。	題贈酬寄煉丹修道	神話	233	567
379.	〈燈花聯句——王樅、張雲友、劉希谷三友預焉〉	蟾桂光無比，冰花巧不同。	題贈酬寄	神話	236	572
380.	〈(與黃天谷)戲聯平字體〉	晴雲飛瀰漫，涼蟾光玲瓏。	題贈酬寄煉丹修道	神話	238	581
381.	〈(與黃天谷)戲聯回文體〉	水連天渺渺，山映月亭亭。	題贈酬寄	空間	239	575
382.	〈夜船與盤雲聯句回文（順回俱平）〉	蟬寒嘶月淡，雁過唳天長。	題贈酬寄	空間	239	575
383.	〈再用前韻〉	吾將先天後天明月之珠，裁作左仙右仙賓雲之曲。	題贈酬寄煉丹修道	涉道	240	581
384.	〈鶴林靖銘（並序）〉	朱霞媚水，素月流天。	神仙贊頌	空間	252	608
385.	〈慵庵銘〉	慵對風月，內有蓬壺。	神仙贊頌	涉道	255	608
386.	〈玉真瑞世頌〉	1. 金莖露飛，玉樹月淡。 2. 金鼎凝霜，玉爐煅月。	神仙贊頌	涉道	256	606
387.	〈天師侍宸追封妙濟真人林靈素像贊〉	四十五年人事足，中秋歸去月三更。	神仙贊頌	時間	260	553
388.	〈許旌陽贊〉	曾傳諶母煉丹訣，夜夜西山採明月。	神仙贊頌	涉道	260	554
389.	〈許紫沖求真容贊〉	1. 萬籟無聲秋夜靜，一輪明月照西江。 2. 一江夜月，萬壑松風。	神仙贊頌	時間	261	555
390.	〈種桃齋寫神贊〉	縱饒畫得十分似，何似天邊一月輪。	神仙贊頌	空間	262	555
391.	〈倪梅窗喜神贊〉	高人心地本無象，風清月冷倪梅窗。	神仙贊頌	空間	262	556
392.	〈布袋和尚贊〉	彌勒撫掌笑呵呵，明月清風無掛礙。	神仙贊頌	涉道	263	560

393.	〈戲作墨竹二本贈鶴林因為之贊〉	夜半月明，清露瀼瀼。露筱	神仙贊頌	時間	263	561
394.	〈歷代天師贊（贊歷代天師）——第六代諱椒，字德馨〉	告別門人歸去後，夜來素月落寒潭。	神仙贊頌	空間	264	541
395.	〈歷代天師贊——第十一代諱通，字仲達〉	瓊棺數月金軀冷，滿室天香醑一樽。	神仙贊頌	涉道	264	541
396.	〈歷代天師贊——第十三代諱光，字德昭〉	才到暮林風月夜，洞天隱隱步虛聲。	神仙贊頌	時間	265	541
397.	〈歷代天師贊——第十五代諱高，字士龍〉	招弄溪山詩技巧，吐吞風月酒神通。	神仙贊頌	涉道	265	541
398.	〈歷代天師贊——第十六代諱應韶，字治風〉	又言辟谷歸山後，月夜時聞鐵笛聲。	神仙贊頌	時間	265	541
399.	〈歷代天師贊——第二十六代諱嗣宗〉	月落半山丹井水，猿聲驚斷滿天星。	神仙贊頌	涉道	266	541
400.	〈知宮王琳甫贊銘〉	1. 谷神無象兮，碧潭秋月。 2. 孤猿嘯夜月，淡露滴秋風。	神仙贊頌	時間	268	547
401.	〈陳綠雲先生像贊〉	瞻師之神，寒空片月。	神仙贊頌	空間	269	無
402.	〈頤庵喜神贊〉	江月射雙眼，岩雲飛兩眉。	神仙贊頌	涉道	270	557
403.	〈隸軒真贊〉	為君指出言詮，丹成若未歸蓬島，且結溪山風月緣。	神仙贊頌	涉道	270	557
404.	〈郭信叔喜神贊〉	綿團裡鐵雲包月，麒麟海裡翻筋斗。	神仙贊頌	涉道	271	558
405.	〈薛直歲喜神贊〉	風冠夜戴瓊林月，鶴氅朝披玉洞雲。	神仙贊頌	涉道	271	558
406.	〈武夷精舍文公像贊（朱文公像疏，化塑朱文公遺像疏）〉	天地棺，日月葬，夫子何之？	神仙贊頌	涉道	272	561
407.	〈明堂禮成〉	玉輅迎閶闔，銀蟾躍未央。	生活吟詠	神話	327	無

408.	〈早春〉	淡淡著烟濃著月，深深籠水淺籠沙。〔註11〕	生活吟詠	空間	329	無
409.	〈次玉簫臺韻〉	不謂業風吹我腳，只將明月當君顏。	題贈酬寄	空間	329	無
410.	〈游幽泉琮琤不能自己於是乎詩〉	如何今夜成無月，卻遣西風一問天。〔註12〕	生活吟詠	空間	329	無
411.	〈（又）賦呈懶翁〉	杖藜還盡溪山債，杯酌結交（杯酒結今）風月緣。	題贈酬寄	空間	330	無
412.	〈草衣乩題八首——夜吟〉	剪燭西窗明月上，教人何處不消魂。	煉丹修道	空間	331	無
413.	〈龍王廟五首其五〉	料理線綸欲放船，江頭明月向人圓。樽有酒座無氈，拋下魚竿踏月眠。	生活吟詠	空間	333	無
414.	〈華蓋山吟二首其一〉	金雞叫破岩前月，鐵笛吹殘洞口梅。	生活吟詠	空間	335	無
415.	〈華蓋山吟二首其二〉	明月一鈎秋影薄，清風半臥睡魔消。	生活吟詠	空間	336	無
416.	〈爛柯山〉	吟餘池上聊欹枕，風月瀟瀟吹白蓮。	生活吟詠	空間	337	無
417.	〈題白鶴觀壁〉	蕊珠殿裡頌黃庭，頌罷黃庭月正明。	題贈酬寄煉丹修道	涉道	337	無
418.	〈白鶴觀〉	杖頭挑月過山北，要趁如今幾日晴。	煉丹修道	涉道	338	無
419.	〈游聖水寺二首其一〉	岩前峭壁松花落，午夜月明初煉丹。	煉丹修道	涉道	338	無
420.	〈游聖水寺二首其二〉	佩劍郎吟明月下，落花流水是生涯。	煉丹修道	空間	338	無
421.	〈題鼓山超凡閣〉	山月扶疏龕石冷，天風浩蕩海槎浮。	題贈酬寄	空間	338	無
422.	〈清夜吟二首其一〉	風氣融兮露華冷，月影浮兮夜漏永。	生活吟詠	空間	338	無
423.	〈清夜吟二首其二〉	有琴彈破夜雨窗，有酒酌殘春月樓。	生活吟詠	空間	339	無

〔註11〕同編號351，〈奉酬臞庵李侍郎五首（並序）其二〉。
〔註12〕同編號323，〈夕眺風泉亭三首其一〉。

424.	〈洞章歌〉	小（中）有瑤章落龍虎，月壇香冷宮誰主？	煉丹修道	涉道	339	無
425.	〈結座〉	1. 皇宋嘉定十四年，秀蔓紀月清和天。湖山已還武林債，風月復結姑蘇緣。 2. 黃昏武夷拂衣去，午夜君山玩月歸。 3. 清風明月黃鶴樓，白蘋紅蓼溢江浦。	煉丹修道	涉道	340	無
426.	〈桐柏觀詩詞三首其一〉	澹月籠蒼松，清流蘸修竹。	煉丹修道	空間	341	無
427.	〈桐柏觀詩詞三首——題桐柏觀〉	石壇對坐話松風，鶴唳一聲山月落。	煉丹修道	涉道	341	無
428.	〈桐柏觀詩詞三首——又留別桐柏詩〉	杖頭挑月下山去，空使寒猿嘯晚烟。	煉丹修道	涉道	341	無
429.	〈太平興國宮詩〉	昭陽宮中夜月麗，樓殿簾幕風冷冷。	煉丹修道	涉道	342	無
430.	〈游仙岩二首其一〉	天黎明，月痕消，安得異人兮，仙岩作消遙。	煉丹修道	涉道	344	無
431.	〈游仙岩二首其二〉	偃月爐中烏兔，硃砂鼎內龍虎。	煉丹修道	涉道	344	無
432.	〈指玄三燦下篇，絕句三十二首其六〉	時人若識真消息，子正陽生月正中。	煉丹修道	涉道	345	無
433.	〈指玄三燦下篇，絕句三十二首其七〉	鐵笛橫吹正子時，一輪明月見江湄。	煉丹修道	空間	345	無
434.	〈還丹歌〉	1. 玄關一竅天地根，強作丹爐名偃月。 2. 乾坤辟闔易之門，日月循環機不歇。	煉丹修道	涉道	351	無
435.	〈題胡子山林檎坡〉	洞賓踢碎金葫蘆，夜半嫦娥下蕊珠。	題贈酬寄煉丹修道	神話	352	無

附錄二　第三章月意象的主題內容之統計表

　　依據第三章各節定義，將附錄一所整理之表格，再歸納為以下表格，以編號代稱詩題。

一、第一節生活吟詠之統計表

　　依第一節生活吟詠之定義，所歸納詩作共一百九十三首，可分時節、詠物、抒感、游歷詩，各自可再細分為幾類。其中，游地中編號047為兩首，故重複一次以利計算。

生活吟詠	細分類別	編　　號	小計	合計193首
時節	時間	014、036、095、132、236、239、252、253、282、294、422、423。	12首	33首
	季節	035、129、140、150、168、176、205、206、260、274、284、287、291、310、311、312、313、372、408。	19首	
	節慶	330、331。	2首	
詠物	建築	022、023、038、074、080、096、105、124、128、139、141、143、144、160、181、187、191、215、234、235、242、264、269、270、271、278、279、280、292、293、323、336、354、364、407、413。	36首	70首
	動植物	017、041、072、127、138、184、237、281、283、308、346。	11首	

	物體	259、295、319、320。	4首	
	月	016、135、251、317、324、325、326、327、337、338、339、340、341、342、343、357、358、359、368。	19首	
抒感	思念感懷	003、020、021、028、048、062、133、145、257、258、321、322、344、345、355、356。	16首	54首
	樂府舊題	002、004、006、007、008、009、010、011、012、027、040、051、052、069、076、079、085、103。	18首	
	休閒排遣	053、054、161、202、238、243、244、245、246、261、262、263、265、266、275、276、277、288、289、353。	20首	
游歷詩	游地	030、047、047、049、078、125、130、131、146、147、173、177、178、195、254、307、410。	17首	36首
	游山	090、091、179、216、240、241、255、256、267、268、285、286、369、370、371、373、414、415、416。	19首	

二、第二節題贈酬寄之統計表

　　歸納於第二節題贈酬寄之詩作，共一百二十二首，可分為題詩、贈予、寄呈、次韻、送別、聯句、同會、謁。又可再各自細分為幾類。其中，將題詩、寄呈、次韻、送別和聯句，形式為題贈酬寄，但內容為煉丹修道者共五十三首，列入第四節煉丹修道。

題贈酬寄	細分類別	編　號	小計	合計122首
題詩	建築	046、064、089、156、164、174、211、272、314、315、316、363、366、376、421。	15首	38首
	非建築	024、099、077、162。	4首	
	煉丹修道	032、033、063、108、109、155、157、186、207、208、224、225、228、230、231、233、273、417、435。	19首	
贈予	襯托宜人景致	001、070、170、171、182、189、290、351、352。	9首	36首
	烘托絲竹琴聲	082、106、107、142、151、306、367。	7首	

	渲染感慨氣氛	050、065、190。	3 首	
	煉丹修道	025、026、039、043、067、073、092、097、098、113、114、194、209、226、227、232、365。	17 首	
寄呈	寄呈	093、126、154、175、192、193、199、377、411。	9 首	19 首
	煉丹修道	219、220、221、222、247、248、249、250、332、333。	10 首	
次韻	次韻	163、183、328、374、409。	5 首	7 首
	煉丹修道	149、375。	2 首	
送別	送別	100、180、185、201、210、318、360。	7 首	9 首
	煉丹修道	042、075。	2 首	
聯句	聯句	379、381、382。	3 首	6 首
	煉丹修道	378、380、383。	3 首	
同會		019、167、169、309、329。		5 首
謁		197、203。		2 首

三、第三節煉丹修道之統計表

　　歸納於第三節煉丹修道之詩作，可依詩題再分成修道情懷、福地寶坊、丹道思想，共一百五十一首。

煉丹修道	細分類別	編　號	小計	合計151首
丹道思想	丹詩	032、033、044、045、218、223、233、434。	8 首	42 首
	贈予	025、026、039、043、067、073、092、097、098、113、114、194、209、226、227、232、365。	17 首	
	寄呈	219、220、221、222、247、248、249、250、332、333。	10 首	
	送別	042、075。	2 首	
	次韻	149、375。	2 首	
	聯句	378、380、383。	3 首	

修道情懷	013、005、015、018、029、031、034、056、057、058、059、060、061、066、081、083、087、088、094、101、102、104、111、112、115、116、117、118、119、120、121、122、123、134、148、152、153、158、196、198、204、298、299、300、301、302、303、304、305、213、217、296、334、335、347、348、349、361、362、412、424、425、430、431、432、433。	66首
福地寶坊	037、055、068、071、084、086、110、136、137、159、165、166、172、188、200、212、214、229、297、350、418、419、420、426、427、428、429。 題詩： 063、108、109、155、157、186、207、208、224、225、228、230、231、273、417、435。	43首

四、第四節神仙贊頌之統計表

歸納於第四節神仙贊頌之作，分為贊、頌、銘，共二十三首。

神仙贊頌	編　號	合計23首
贊	387、388、389、390、391、392、393、394、395、396、397、398、399、401、402、403、404、405、406。	15首
頌	386。	1首
銘	384、385、400。	3首

附錄三　第四章月意象的展現型態之統計表

依據第四章各節定義，將附錄一所整理之表格，再歸納為以下表格，以編號代稱詩題。

一、第一節空間結合之統計表

第一節所歸納詩作共二百二十一首，可再依月之型態或月與其他與自然景物組構、對仗，分為四小類。

空間結合	編　號	合計221首
明圓	004、009、010、016、019、024、028、029、040、047、048、050、062、064、069、072、074、078、082、092、099、102、106、108、111、112、124、127、129、159、162、171、173、174、178、180、191、193、195、196、197、198、199、202、215、216、230、242、251、258、263、264、270、277、283、284、286、290、307、314、316、318、319、322、326、327、331、341、342、346、352、354、366、371、372、373、384、390、394、409、412、413、415、420、423、426、433。 月影： 063、079、080、146、240、256、266、422。	95首
缺暗孤冷	暗缺： 049、147、150、160、168、176、182、201、233、234、243、252、289、291、294、321、323、328、345、358、359、382、401、410。 孤冷： 002、065、104、131、132、144、154、214、261、271、276、292、391。	37首

月之位置	035、070、091、135、169、175、200、213、228、235、236、269、278、287、330、340、369、370、374、279、282、324、338、340、268、312、353、355。	28首
與自然景物組構	風： 001、054、071、084、114、125、126、130、134、139、148、155、161、165、170、203、211、225、231、248、315、320、348、360、376、411、416。 煙雲： 051、089、100、103、179、183、187、190、238、244、249、293、344、351、408。 水： 025、137、166、177、232、257、267、281、325、329。 山： 030、246、339、343、381、414、421。 花： 206、274。	61首

二、第二節時間變化之統計表

　　歸納於第二節時間變化之詩作，共六十四首，可依月之時間分為日夜、季節和中秋月，前二類各自又可依月之型態分為若干小類。

時間變化	細分類別	編　　號	小計	合計64首
日夜	夜月	014、017、021、022、027、047、053、076、083、085、095、133、138、143、164、167、184、192、204、208、210、254、265、288、295、306、309、356、387、389、393、396、398。	33首	49首
	月落	038、093、107、151、239、253、255、259、260、273、275、364。	12首	
	日月	140。	1首	
	月出	128、205、262。	3首	
季節	秋月	007、026、037、046、077、142、145、181、280、336、400。	11首	13首
	冬月	003、357。	2首	
中秋月		285、337。		2首

三、第三節神話典故之統計表

　　歸納於第三節神話典故之詩作，共三十三首，可再分為指涉牛郎織女、嫦娥奔月、吳剛伐桂、廣寒宮之典故。

神話典故	編　號	合計 33 首
牛郎織女	006、008。	2 首
嫦娥奔月	011、020、023、031、036、041、068、073、081、096、153、163、185、189、237、303、310、311、313、363、368、378、379、380、407、435。	26 首
吳剛伐桂	088。	1 首
廣寒宮	105、304、308、317。	4 首

四、第四節涉道展現之統計表

　　歸納於第四節涉道展現之作，共一百一十八首，分為神聖空間、丹道工夫、仙道典範，其中神聖空間一類又可再分為仙境、道觀或福地和其他。

涉道展現		編　號	小計	合計 118 首
神聖空間	仙境	005、039、042、052、056、057、058、059、060、061、066、090、094、097、109、119、152、194、332、334、335、347、349、361、362、403、404、405。	28 首	49 首
	道觀或福地	136、141、172、209、212、217、219、296、297、298、385、424、427、429、430。	15 首	
	其他	367、377、399、406、425、432。	06 首	
丹道工夫		012、013、015、018、032、033、034、043、044、045、055、067、075、086、087、098、101、110、113、115、116、117、118、120、121、122、123、149、156、157、158、186、188、207、218、220、221、222、223、224、226、227、250、272、299、300、301、302、305、333、350、365、386、388、417、418、419、428、431、434。		60 首
仙道典範		229、245、247、375、383、392、395、397、420。		09 首